SIBYLLE GUGEL

SCHWERES ERBE
Alissa Ulmer ermittelt

Ein Stuttgart Krimi

Bibliografische Information der Deutschen Nationalbibliothek:
Die Deutsche Nationalbibliothek verzeichnet diese Publikation in der Deutschen
Nationalbibliografie; detaillierte bibliografische Daten sind im Internet über
http://dnb.dnb.de abrufbar.

Satz / Illustration
Nicole Koppe, Berlin

Herstellung und Verlag
BoD – Books on Demand, Norderstedt

ISBN 978-3-73920-461-1

*»Wenn Gott mit dem Tode kommt, dann kommt
der Teufel mit den Erben.«*

- Aus Schweden -

NOVEMBERBLUES

Die Welt ist bunt und sie leuchtet. Das Leben ist leicht und jeden Tag aufs Neue ein Genuss, und außerdem ... ist die Erde eine Scheibe!

Ich wäre unglaublich gerne der Mensch, der ich eigentlich wirklich bin: friedliebend, freundlich, ausgeglichen, humorvoll und vieles Gute mehr.

Aber die bösen Monster da draußen lassen mich nicht ... Idioten wohin das Auge reicht. Alles voller Idioten!

Im Moment ist November, da sieht man sie nicht allzu deutlich. Wie zum Beispiel im Juli oder August. Aber sie sind da.

Sie begegnen mir. Jeden Tag. Überall. Und – sie machen mich wahnsinnig!

Am allerschlimmsten ist, wenn ich mir das ganze, breitgefächerte Spektrum so vor Augen führe, die Sorte Idiot, die sich für gebildet, intelligent und natürlich nicht nur dadurch, aber vor allem deshalb, für »etwas Besseres« hält. Oh, wow! Das sind ja tolle Gedanken, wenn man gerade im Begriff ist aufzuwachen. Da fängt der Tag gleich gut an, schimpfte Kriminalhauptkommissarin Alissa, genannt »Sissy« Ulmer mit sich selbst, während sie versuchte, sich die Hinterlassenschaften des Sandmännchens, das sie in der letzten Nacht begleitet hatte, aus den noch halb geschlossenen Augen zu reiben.

Die düsteren Gedanken hatten allerdings eine sehr konkrete Ursache. Sie hatte etwas geträumt, das mit dem gestrigen Tag zusammenhing.

Während sie sich langsam aus dem gemütlichen Bett, das sie eigentlich nicht aus seinen Feder-weichen Armen und Beinen entlassen wollte, heraus wand, versuchte sie, sich an den Inhalt des Traumes zu erinnern. Es gelang ihr nicht.

Zu deutlich waren die Ereignisse des Vortages bereits in ihr Bewusstsein gedrungen, und erneut kroch der Ärger durch ihre Gehirnwendungen und wanderte in die Gliedmaßen, um sich dann im Magen zu sammeln und dort ein unschönes Grummeln auszulösen.

In Begleitung des rumorenden Bauches, ihrer in Falten gelegten Stirn und den finsteren Gedanken, trottete sie über den knarzenden Holzboden, durch die geräumige Diele, in Richtung Küche.

Der Anblick der knallroten, zwanzig Jahre alten Kaffeemaschine der Marke Severin, hellte ihre fragwürdige Stimmung etwas auf.

Ich brauche Kaffee und Nikotin, dachte sie, und überhörte dabei den lautstarken Protest ihrer äußerst gestressten Magenschleimhaut.

Sie kippte wie immer, direkt aus der Dose, eine zusammen geschätzte Menge Kaffee in den Filteraufsatz, füllte die Maschine mit Wasser, und drückte den Startknopf.

Innerhalb weniger Sekunden begann der kleine, rote Drache, wie sie das, von Familie und Freunden, immer wieder belächelte Gerät getauft hatte, zu blubbern.

Sie freute sich schon jetzt auf das laute Fauchen, dem es seinen Spitznamen verdankte und mit dem es signalisierte, dass der Tag nun von seiner Seite aus beginnen konnte.

Sissy schlich vorsichtig Richtung Wintergarten, der an die Küche grenzte und über den man auch auf den Balkon gelangen konnte.

Sie schob den Kopf zuerst durch die Tür, denn falls sie da waren, wollte sie sie nicht erschrecken und dadurch verjagen. Ihre Papageien. Besser gesagt, die Gelbkopf-Amazonen, die vor etlichen Jahren aus dem örtlichen Zoo, der Stuttgarter Wilhelma, ausgebrochen waren.

Nun lebten sie in Freiheit, bevorzugt in Bad Cannstatt, rund um den Kurpark und in der Daimlerstraße, in der auch Sissy wohnte. Sie flogen fröhlich von hier nach da, vermehrten sich und ließen durch ihr lautes Krächzen den ein oder anderen Anwohner über die Anschaffung eines Luftgewehres nachdenken.

Ganz zu schweigen von den Lackschäden, die sie, durch ihren ätzenden Kot an diversen Autos verursacht hatten, die ahnungslose Auswärtige (als Anwohner wusste man das) unter den Platanen abgestellt hatten, auf denen die kleinen, grün-gelb-rot gefiederten, fliegenden Teufel zu nächtigen pflegten.

Sissy musste immer noch schmunzeln, wenn sie an den Audi TT dachte.

Der Wagen war, nachdem er vier Wochen unter einem der besagten Bäume gestanden hatte, so vollgeschissen, dass man nur noch mit sehr viel Fantasie die Farbe des Lacks erkennen konnte.

Der Anblick war so außergewöhnlich, dass der ein oder andere Passant stehen geblieben war, um ein Foto des zugekoteten Flitzers zu knipsen.

Sie waren sich hinterher, als das Auto irgendwann verschwunden war, im Haus unter den Nachbarn einig, dass da wohl eine komplett neue Lackierung fällig wäre, und der Kreis der Papageien-Fans sich um eine Person dezimiert hatte.

Aber Sissy liebte die kleinen Schreihälse und bezeichnete sie als ihre Haustiere.

Sie saßen ab und zu im Baum, dessen Krone zur linken ihres Wintergartens den Blick auf das Nachbarhaus verdeckte.

Sissy konnte ihnen stundenlang dabei zusehen, wie sie an den Blättern nagten, sich gegenseitig von den Ästen schubsten oder sich im Winter, wenn es schneite, lautstark über das Sauwetter beschwerten und schmollend die Köpfe unter die Flügel steckten. Mal schauen, ob sie da sind, dachte sie und verlängerte ihren Hals.

Sie waren es nicht.

Seufzend ließ sie sich in einen der beiden ausladenden Sessel plumpsen, die den linken Bereich des Wintergartens ausfüllten. Kaum saß sie, glitten ihre Gedanken erneut zurück zum gestrigen Tag. Was für ein Idiot.

Und ein Arschloch noch dazu, dachte sie. Aber wenn man schon Giesbert heißt ... das kann ja nichts werden!

DER VORHERIGE TAG

»Mann bin ich froh, dass ihr euch jetzt mit diesem arroganten Fatzke herumärgern dürft!«, stöhnte Polizeimeister Gunther Esch, anstelle einer Begrüßung, als Sissy gemeinsam mit ihrem Kollegen, Kriminalhauptkommissar Eric Jahn an der protzigen Villa am Killesberg eintraf.

Es war nicht wie üblicher Weise ein Notruf über die Zentrale eingegangen.

Esch und seine Kollegin Sonja Mann waren auf Streife unterwegs gewesen und hatten, als sie auf Höhe des Hauses waren, einen lauten Schrei gehört, der sie dazu veranlasst hatte, auszusteigen und nach dem Rechten zu sehen.

»Hallo Gunther.«

Eric Jahn blieb gelassen, während sich bei Sissy bereits Unbehagen breitmachte.

»Grüß Dich. Was ist passiert?«, fragte sie und gab Esch dabei die Hand.

»Wir sind vorbeigefahren und hatten das Fenster offen, da haben wir das Gekreische gehört und angehalten, um nachzuschauen, was da los ist.

Als wir oben auf der Treppe waren, lag sie da, die Tote. Und die schreiende Frau stand direkt vor ihr.«

Aha ..., dachte Sissy. Das Fenster offen. Im November. Bei dieser Kälte. Wahrscheinlich hat er wieder im Dienstfahrzeug geraucht.

Schlimm fand sie das nicht, da sie selber locker eine Schachtel am Tag verputzte, aber sie bekam bei dem Gedanken sofort Lust auf eine Zigarette und dafür war jetzt leider überhaupt keine Zeit.

»Wo ist Sonja?«, fragte Eric.

Esch deutete in Richtung Steintreppe, die vom Parkplatz unterhalb des Hauses nach oben Richtung Garten führte.

»Sie versucht die Hausherrin zu beruhigen. Die Madame ist immer noch völlig hysterisch. Aber gut, man findet schließlich auch nicht jeden Tag eine Leiche im eigenen Garten. Ihr Göttergatte steht nur dumm herum und ist peinlich berührt von der fehlenden Contenance seiner Gemahlin. Ich zitiere: »Johanna, jetzt reiß dich doch endlich zusammen!« Der ist kalt, wie eine Hundeschnauze, wenn ihr mich fragt. Und außerdem ein Schnösel wie er im Buch steht. Aber schaut es euch selber an. Er heißt Giesbert Mey und wohnt in dem Klotz mit seiner Frau, der besagten Johanna. Er ist Manager im Hotel Belveder, sie betreibt eine Nobelboutique drei Straßen weiter unten. Die Tote, eine gewisse Sarah Urban hat wohl im Belveder gearbeitet und wohnte in dem kleinen Gartenhaus der Meys, am westlichen Ende des Grundstücks. Ich warte hier auf den Hämmerle und die Spusi und lotse sie dann hoch zu euch.«

Während er den letzten Satz gesagt hatte, war seine rechte Hand in die seitliche Tasche seiner Uniformjacke gewandert und suchte etwas.

Als Sissy hinter Eric die Steinstufen hinaufstieg, hörte sie

14

voller Neid das Klicken eines Feuerzeuges.

Sie befanden sich jetzt im Garten der Villa, die allein durch ihre Größe beeindruckte, der ansonsten aber jeglicher Stil fehlte. Quadratisch, praktisch, geschmacklos, schoss es Sissy durch den Kopf.

Aber die Aussicht über Stuttgart war atemberaubend. Sie hätte sie gern noch ein wenig länger genossen.

Leider erblickte sie jetzt auch den verdrehten Körper, der ein paar Meter weiter im Gras lag.

Eric stand bereits vor der Leiche.

Der Notarzt, der von den Kollegen der Streife gerufen worden war, packte gerade seine Sachen zusammen.

»Grüß Gott. Müller. Sind Sie von der Kripo?«

Eric bejahte und stellte sich und Sissy vor.

»Also, da war nichts mehr zu machen. Ich bin kein Pathologe, aber sie war schon kalt.«

Während er sprach hatte er einen Fuß auf den metallenen Notarztkoffer gestellt, und benutzte seinen rechten Oberschenkel als Unterlage zum Ausfüllen des Totenscheins, auf dem wie immer in solchen Fällen stehen würde: »Todesursache ungeklärt«. Er kritzelte noch schnell seine Unterschrift auf das Papier und fuhr fort.

»Ich schätze, das muss irgendwann in der Nacht passiert sein. Dr. Hämmerle ist unterwegs, wie ich gehört habe. Grüßen Sie ihn schön von mir. Wir haben zusammen studiert in Tübingen.«

Mit diesen Worten, und nachdem er im Vorbeigehen Sissy das Schriftstück in die Hand gedrückt hatte, war er auch schon halb auf der Treppe.

»Ade, und falls noch was ist, der Herbi hat meine Handynummer.«

Weg war er.

Sissy und Eric sahen sich an.

Sie fingen gleichzeitig an, zu sprechen.

»Der Herbi?«, gab Eric glucksend von sich, während Sissy ungläubig-erstaunt murmelte: »Puh, ich glaub, mich hat ein Bus gestreift.«

Es dauerte jedoch nur wenige Sekunden, bis sie den wirbelnden Auftritt des Mediziners sowie die lustige Verniedlichung des Vornamens, des zuständigen, und in Kürze zu erwartenden Pathologen Herbert Hämmerle, verdrängt hatten.

Jetzt standen sie nebeneinander vor der Leiche einer jungen Frau. Alter schätzungsweise um die dreißig, wie Eric bei sich dachte, die von wem auch immer in einen fürchterlichen Anblick verwandelt worden war. Letzteres ging Sissy durch den Kopf. Der Schädel war in einer Art und Weise zertrümmert worden, wie sie es beide nie zuvor gesehen hatten.

»Soviel Hass. Wahnsinn.« Erics Stimme hatte erheblich an ihrer üblichen Festigkeit eingebüßt.

Sie verharrten noch einen Moment und gingen dann langsam auf die dreistufige Natursteintreppe zu, von der aus man über eine Terrasse ins Haus gelangte. Durch eine hohe Flügeltür kamen sie, in einen großen Wohnraum, der zur rechten Seite über ein riesiges Panorama Fenster verfügte und erneut bot sich dieser gigantische Blick über die »schönste Stadt Deutschlands«, wie Frau Kächele, die

Dezernatssekretärin und Mutter der Nation zu sagen pflegte, wann immer sich die Gelegenheit dazu bot.

Auf einem der drei cremefarbenen Designersofas, die Richtung Fenster platziert waren, kauerte eine schlanke, sehr elegant angezogene Frau. Aus ihrer Hochsteckfrisur hatte sich eine dunkelbraune Locke gelöst, die ihr wirr in das verheulte und verzerrte Gesicht fiel. Sie wimmerte, hatte die Beine angezogen, die Arme darum geschlungen und wiegte sich vor und zurück, wie ein Kind, das soeben aus einem Alptraum erwacht war.

Neben Ihr saß Polizeimeisterin Sonja Mann, die sanft die Schulter der Frau streichelte und beruhigend auf sie einredete.

Rechts neben dem Fenster stand, mit grösstmöglicher Distanz zur Sitzgruppe, ein hochgewachsener Mann. Er hatte sich bei ihrem Eintreten ruckartig zu ihnen umgedreht. Sein Haar war dunkelblond und dicht über dem markanten Gesicht, das leicht gebräunt war, was die hellblauen Augen noch mehr zur Geltung brachte. Sowohl sein Alter, als auch das seiner Frau, war schwer zu schätzen.

Vermutlich beide um die fünfzig, dachte Sissy, und hätte ihn sicherlich attraktiv gefunden, wenn er nicht diesen missbilligenden Zug um den Mund mit den vollen Lippen gehabt hätte, der das recht einnehmende Äußere mit einem Schlag zunichte machte.

»Wer sind Sie?«, blaffte eine tiefe Bass-Stimme statt einer Begrüßung in ihre und Erics Richtung.

Sagt eigentlich heute keiner mehr guten Tag?, dachte Sissy, und hätte es am liebsten auch laut ausgesprochen, aber Eric war schneller.

»Guten Tag«, sagte er, betont ruhig und langsam. »Mein Name ist Eric Jahn, und das ist meine Kollegin Alissa Ulmer. Wir sind von der Kriminalpolizei. Herr Mey, nehme ich an?«

»Ja wer denn sonst?«, war die schnippische Antwort. »Wurde auch Zeit, dass Sie endlich kommen. Ich habe wichtige Termine!«

Sissy merkte, wie sich ihr anfängliches Unbehagen in Wut verwandelte. Und diese Wut kroch langsam, aber unaufhörlich, vom Magen Richtung Speiseröhre und Hals. Mey fuhr mit seinem Lamento fort.

»Ich leite ein großes Unternehmen und trage die Verantwortung für dreihundert Mitarbeiter und fünfhundert Hotelgäste. Aber das können sich Menschen, die es sich in der Hängematte des Staatsdienstes gemütlich machen, natürlich nicht vorstellen.«

Sissys Ärger hatte mittlerweile sein Ziel erreicht und war ihr nun deutlich anzusehen. Aus ihren Augen schossen Blitze in Richtung des Hausherren, der dies allerdings nicht bemerkte, da er nur auf Eric fixiert war.

Warum sollte er auch dieser, noch nicht mal ein Meter siebzig großen, rundlichen, blonden Frau mit dem niedlichen Gesicht seine Aufmerksamkeit schenken. Sie war doch mit Sicherheit nur für das Kaffeekochen und gelegentliche Amüsements auf Polizeifesten zuständig.

Das dachte Giesbert Mey und Sissy wusste es. Sie hatte schon oft ähnliche Situationen erlebt und die Menschenkenntnis kam in diesem Beruf irgendwann ganz von selbst.

Eric zog fast unmerklich den Kopf ein wenig ein, denn er wusste, was nun passieren würde.

Sissys Stimme klang bedrohlich leise, als sie anfing zu sprechen.

»Jetzt spitzen Sie mal Ihre verantwortungsvollen Lauscherchen, guter Mann ...«

Sie vermied es absichtlich ihn mit Namen anzusprechen, denn in ihren Gedanken hatte sie ihn längst »Riesenarschloch« getauft. Aber sie wusste immer, auch wenn sie so in Rage war wie in diesem Moment, was sie sich erlauben konnte, und was eventuell ein Disziplinarverfahren nach sich gezogen hätte.

»... In Ihrem Garten liegt die Leiche einer jungen Frau, die Ihre Tochter sein könnte.«

Eric, der, trotz dem er sich auf Sissys Ausbruch konzentrierte, seine Augen auch auf der Gesamtsituation im Raum hatte, bemerkte ein leichtes Zusammenzucken bei der, noch immer gekrümmt aufdem Sofa sitzenden, Hausherrin.

»Der Umstand, dass sie tot ist, ist schlimm genug. Dass sie offensichtlich bestialisch erschlagen wurde, macht es nicht besser. Menschen wie wir, sehen solche fatalen, grausamen Dinge sehr oft, und wir tun alles dafür, und das übrigens unter äußerst schwierigen Bedingungen, um diejenigen, die solche abscheulichen Taten begehen, zu fassen, und hinter Gitter zu bringen. Ich liebe meinen Beruf, auch wenn ich mir oft wünsche, er wäre überflüssig, weil wir alle friedlich und harmonisch zusammenleben, und uns gegenseitig unterstützen, statt uns zu beneiden, zu bekriegen oder uns das ein oder andere Mal sogar gegenseitig umzubringen. Und ich liebe meinen Beruf, weil er der Gesellschaft etwas bringt, das sie unbedingt möchte: Sicherheit, Gerechtigkeit und die Wahrung gewisser Werte. Allerdings strengt er mich oft auch sehr an«, fuhr Sissy mit ihrem Monolog fort, während sich Meys, von der Sonne geküsster Teint, langsam ins rötliche verfärbte.

»Einer dieser Anstrengungsfaktoren sind Menschen wie Sie, die scheinbar weder über ein Mindestmaß an Empathie, noch Taktgefühl verfügen, deren Egoismus der Größe des Eiffelturms entspricht und die die Frechheit besitzen, Menschen zu beleidigen, die für ihren eigenen Schutz Sorgen. Sie sollten sich schämen!«

Es war beinahe so, als hallten Sissys Worte noch nach, so still war es im Raum. Alle Augen waren jetzt auf sie gerichtet.

Doch die Ruhe währte nicht lange.

Mey schnappte nach Luft und sah dabei aus, wie einer seiner edlen Koi Karpfen, die sich draußen im beheizten Teich tummelten.

»Was erlauben Sie sich?«, stieß er theatralisch schnaufend hervor. »Was haben Sie denn für eine Kinderstube genossen? Verfügen Sie überhaupt über das entsprechende Bildungsniveau, um sich in Kreisen wie diesen ...«, er machte eine ausholende Geste, die den Raum umspannte »... solche impertinenten Äußerungen leisten zu können? Was glauben Sie eigentlich, wer Sie sind?«

Wieder schoss ein Feuerwerk aus Sissys dunkelblauen Augen, die allerdings im Moment eher türkis aussahen. Die Farbe, die sie immer annahmen, wenn sie traurig, wütend oder anderweitig stark emotional war.

»Ich bin Alissa Ulmer. Und – nein, bei der Polizei hat niemand Niveau. Wir passen uns der Umgebung an. Gebildet sind wir ebenfalls nicht. Die Bedingung, um in der staatlichen Hängematte ein Plätzle zu ergattern, ist ein abgebrochener Baumschulabschluss.«

Eric, der seine Adleraugen immer noch überall hatte, bemerkte das schlecht unterdrückte Zucken der Mundwinkel auf Sonja Manns Gesicht. Er musste etwas unternehmen, sonst würde die Situation völlig eskalieren. Bevor Mey zum erneuten Gegenschlag ausholen konnte, ergriff er schnell, aber trotzdem betont sachlich das Wort.

»So, jetzt Beruhigen wir uns wieder ein wenig. Das hier ist natürlich für alle Beteiligten eine extreme Situation. Kollegin, gehen Sie doch bitte mal nach draußen, um von Dr. Hämmerle die neuesten Erkenntnisse zu erfahren. Ich führe hier die Befragung weiter fort.«

Sissy löste sich langsam aus ihrer erstarrten Wut. Sie nickte Eric kurz zu, drehte sich um, und verschwand Richtung Garten. Sie hatte das Gefühl, gleich zu platzen, und sie freute sich auf die frische Luft und die Distanz zu diesem widerlichen Typen. Am meisten ärgerte sie sich jedoch über sich selbst, dass sie sich wieder einmal hatte provozieren lassen. Und sie wusste, dass sie dieser Vorfall noch länger beschäftigen würde.

Sie wechselte kurz ein paar Worte mit dem Pathologen, der allerdings, wie zu erwarten war, noch nicht allzu viel sagen konnte.

Nach wenigen Minuten trat sie erneut in das feudale Wohngemach. Auch wenn sie nicht die geringste Lust darauf hatte, sich wieder mit diesem Ral (die gängige Kurzform für Riesenarschloch) zu konfrontieren, so war es doch sehr wichtig, dass sie bei der Befragung dabei war. Nur auf diese Weise konnten sie und Eric sich später über Gesagtes sowie die Reaktionen auf Äußerungen und Fragen austauschen.

Ab jetzt reißt Du Dich zusammen, egal, was der Idiot von sich gibt, klar?!, dachte sie und stellte sich links neben Eric. Er schaut sie fragend an.

»Nichts, was wir nicht schon wüssten. Brutal erschlagen worden.«

An dieser Stelle konnte sie sich einen erneuten, vernichtenden Blick in Richtung des Hausherren nicht verkneifen, aber der war mittlerweile nicht mehr streitlustig, sondern strahlte zum ersten Mal so etwas wie den Ansatz einer Betroffenheit aus.

Wieder zu Eric gewandt, fuhr sie fort: »Mehr erfahren wir morgen nach der Obduktion.«

Nachdem Sissy und Eric auf dem Meyschen Anwesen fertig waren, die Leiche sich auf dem Weg in die Pathologie befand und beide zum Auto gingen, sah er sie an.

»Und? Was hältst du von der Sache?

»Er ist ein riesengroßes Arschloch!«, war die geschnaubte Antwort.

Sissy hatte die restliche Befragung Eric überlassen, um eine weitere Eskalation zu vermeiden. Er entgegnete in seiner üblich gelassenen Art: »Ja, das finde ich auch. Aber du weißt, dass ich das nicht gemeint habe.«

Sissy seufzte und antwortete etwas ruhiger: »Schwer zu sagen. Irgendwie schien er nervös zu sein. Und zwar nicht allein wegen der Tatsache, dass eine seiner Angestellten, die gleichzeitig auch noch seine Mieterin war, erschlagen in seinem Garten gefunden worden ist. Da war noch etwas anderes ... ach, ich weiß nicht. Da muss ich erst mal eine Nacht drüber schlafen.«

»Okay, soll ich Dich nach Hause fahren?«, fragte Eric.

Sie standen jetzt vor dem Dienstwagen, mit dem er sie abgeholt hatte. »Nein, sei so lieb und setz mich in der Neckarstraße ab.«

»Aha, Du willst noch zu Ralf und der Gang.«

»Wie bist Du da nur drauf gekommen?«, neckte sie ihn. »Du bist wirklich ein richtig schlauer Polizist.«

»Und schon hat sich die Laune der gnädigen Frau schlagartig verbessert«, konterte er.

Ja, dachte Sissy, dass ist genau das, was ich jetzt brauche. Ein kaltes Bier, vielleicht auch zwei und etwas Ablenkung, durch bodenständige, lustige und verständnisvolle Freunde. Und mit jeder Minute, in der sie sich Ralfs Laden näherten, wurde sie fröhlicher.

DAS MUSEUM DER SCHUHE

»So, Madame. Da wären wir. Mach nicht so lange und trink nicht so viel.«

Eric hatte, in zweiter Reihe auf dem Radweg vor Ralfs Schuh-Oase angehalten und blickte an Sissy vorbei Richtung Schaufenster des sogenannten Museums, dem Zimmer neben dem eigentlichen Geschäftsraum.

»Ja, Papa. Und danke fürs Bringen.«

Sie stieg aus und sah, dass »der harte Kern« bereits anwesend war.

Ralf Nagel war einer ihrer besten Freunde.

Sein Geschäft in der Neckarstraße war eine Institution. Er war Schuhmacher-Meister, fertigte Maß-Schuhe und orthopädische Einlagen.

Außerdem man konnte bei ihm auch einfach nur die Lieblings-Schühchen aufhübschen lassen, die einem über die Jahre ans Herz gewachsen, aber nicht mehr präsentabel waren.

Ralfs Team bestand aus drei festangestellten Schuhmachern, sowie seiner Mutter, die sich um die Buchhaltung kümmerte, und seit ungefähr einem Jahr, seiner Frau Rosa, die seine Mutter unterstützte, und außerdem für die Annahme und Abholung der Reparaturen zuständig war.

Rosa Nagel war fast dreißig Jahre als Bankerin tätig gewesen. Als in den letzten Jahren das Arbeitsklima in ihrem Unternehmen immer unerträglicher, und die Arbeitszeiten länger und länger geworden waren, was dazu geführt hatte, dass sie immer schlechtere Laune bekam, immer öfter total erschöpft war und die beiden kaum noch Zeit füreinander hatten, hatte Ralf ihr schließlich einen Job angeboten. Sie hatte lange gezögert, weil sie das Gefühl hatte, dadurch einen erheblichen Teil ihrer Unabhängigkeit zu verlieren, aber letztendlich doch eingewilligt. Und weder Ralf noch sie hatten diese Entscheidung jemals bereut.

Immer wenn Rosa auf den doch sehr krassen Unterschied ihres alten und neuen Arbeitsplatzes angesprochen wurde, pflegte sie zu sagen: »Das hier ist zwar manchmal auch sehr stressig, aber trotzdem ganz bestimmt und deutlich angenehmer, als sich von Macho-Nieten in Nadelstreifen behandeln zu lassen, als wäre man auf der Brotsupp daher gschwomma.«

Sissy liebte diesen schwäbischen Ausdruck für mangelnde Intelligenz.

Die Räumlichkeiten von Ralfs Laden erstreckten sich über zwei Bereiche im vorderen Teil, bestehend aus Verkaufs- und Beratungsladen sowie dem nebenan liegenden, sogenannten Museum. Diese waren, durch Schaufenster, von der Straße aus einsehbar.

Im hinteren Teil des Gebäudes befanden sich die Werkstatt, die Lager sowie die Büroräume.

Das Museum verdankte seine Bezeichnung der Tatsache,

dass die Wände übersät waren mit alten, gerahmten Fotografien und Schildern, die alle mit dem Schuhmacher Handwerk zu tun hatten.

Außerdem standen an den Wänden und in den Ecken des Raums die abenteuerlichsten, antiken Gerätschaften, die vor zig Jahrzehnten dem Herstellen und Reparieren von Schuhen und Stiefeln gedient hatten.

Die altertümlich anmutende, gestreifte Tapete sowie einige antike Wandlampen, die punktuell das ein oder andere, ebenfalls vorhandene Ölgemälde anstrahlten, rundeten den Museumscharakter ab.

Hier war der Treffpunkt, für Ralf und seine Freunde. Und zwar nicht nur nach Feierabend unter der Woche, sondern auch an manchen Sonntagen, wenn sich die Schuhe wieder einmal stapelten und diese Tatsache Ralf in die Werkstatt trieb, um mit lauter Musik im Hintergrund, alleine, für die kommende Woche vor zu arbeiten.

Da Sonntag war, war die Ladentür abgeschlossen.

Sissy klopfte an die Fensterscheibe und drei Köpfe blickten in ihre Richtung. Arme winkten und Ralf stand auf, um ihr die Ladentür zu öffnen.

»Hallo, Hallo, Hallo!«, schmetterte er die übliche dreifach-Begrüßung und nahm sie in den Arm.

»Na Kleine, warst Du wieder auf Verbrecherjagd?«

»Ach, hör bloß auf.« entgegnete Sissy und stiefelte hinter Ralf, um die Ladentheke herum, in das Nebenzimmer, das bevölkert war von Erwin und Alexander.

Auf dem Tisch, zwischen den siebziger Jahre Sesseln, standen eine Flasche Whiskey, eine Flasche Coca-Cola, sowie drei Gläser mit dem Inhalt, des daraus gemixten Ergebnisses.

Im Raum waberten trotz der enormen Deckenhöhe von zirka viereinhalb Metern, die wohlig duftenden Rauchschwaden von Erwins Pfeifentabak, Geschmacksrichtung Vanille.

Die beiden standen auf, um sie ebenfalls zu begrüßen.

»Die Alli ...! Und, was machen die schweren Jungs? Heute schon einen flachgelegt?« Erwin hatte seine Pfeife kurz abgelegt und war frech, wie immer. Er pflegte sie, wie sonst niemand aus ihrem Umfeld »Alli« zu nennen, weil er fand, das würde besser zu Alex passen.

Alexander, einer der Musketiere, die den harten Kern in Ralfs riesigen Freundes- und Bekanntenkreis ausmachte, war einundvierzig, damit zwei Jahre älter als Sissy und wie sie selbst ein sogenannter Single.

Sie hasste dieses Wort, weil es so negativ besetzt war. Denn die mehrheitliche Meinung zu diesem Thema war: Solo = hässlich, schwierig, oder Leiche im Keller. Wobei das nur Frauen nachgesagt wurde. Bei Männern war die Akzeptanz in der Gesellschaft, wenn es um das alleine Leben ging, deutlich höher. Da hieß es oft nur: »Ja der arbeitet halt soviel, der hat keine Zeit für so was.«

Noch größer wurde das allgemeine Unverständnis, gegenüber dem Thema ungebunden sein, wenn es sich bei der Alleinstehenden, um eine relativ junge, attraktive Frau handelte, die sich nicht in ein shopping-wütiges, Kinder-zur-Welt-bringendes Weibchen-Schema pressen ließ, sondern offensichtlich auch noch relativ glücklich und zufrieden (ein echter Skandal!) ihren Beruf ausübte, und dabei völlig unweiblich alles tat, was viele Männer gemeinhin zu tun pflegten: Mal einen über den Durst trinken, rauchen, in Diskussionen laut werden und vehement die eigene Meinung vertreten. Das alles war Männerdomäne. Jedenfalls in den Augen der meisten Menschen.

Aber nicht in Sissys. Sie tat diese Dinge und sie dachte nicht im Geringsten daran, das jemals zu ändern, vor allem was Letzteres betraf.

Trotzdem hatte sie, im Lauf der Jahre, an ihrem Verhalten beziehungsweise Auftreten gearbeitet, um nicht bei jeder Kleinigkeit einen riesigen Streit vom Zaun zu brechen.

Denn, auch wenn ihr Ungerechtigkeit, Ignoranz und Dummheit ein Dorn im Auge waren, streitlustig war sie nicht. Und sie kannte mittlerweile ihre Grenzen.

Sie hatte aufgehört damit, jede Party zu sprengen, weil mal kurz einer der wohl begüterten Gäste erwähnte, dass er pflege, bei Discountern einzukaufen, oder eine der sogenannten »Luxus-Muttis« aus ihrem Bekanntenkreis sich mal wieder damit brüstete, dass sie jetzt diese tolle Sonnenbrille von Gucci, die offensichtlich ein Plagiat war, ja »ach so günstig« auf einem Istanbuler Markt erstanden hatte.

Sie verabscheute solche Menschen, die durchaus wussten, wie diese billigen Preise zustande kamen. Nämlich sowohl im ersten, wie auch zweiten Fall, durch minderwertige Qualität als auch, und das war der deutlich gravierendere Aspekt, durch Ausbeutung von Menschen, die sich nicht zur Wehr setzen konnten. Ganz zu schweigen, von der Umweltbelastung und noch einigen anderen, wie Sissy fand, nicht akzeptablen Nebenwirkungen, dieser Schnäppchen-Jäger-, beziehungsweise »Billigheimer«-Mentalität. Doch Sissy kam nur noch äußerst selten in die Situation, diesbezüglich diskutieren zu müssen. Dies lag vor allem daran, dass sie sich ein Umfeld geschaffen hatte, das anders war und dadurch, wie sie selbst.

Jahrelang hatte sie gekämpft. Ohne es zu wissen. Es war ein Kampf gegen ihre eigenen Überzeugungen gewesen. Sie hatte immer versucht zu sein wie die meisten anderen Frauen. Wollte dazugehören. Hatte beste Freundinnen, ließ sich mitschleifen auf Backnachmittage und Schmuckmessen.

Als alle Mädels um sie herum anfingen Kinder zu bekommen, oder es zumindest versuchten (sie wusste mittlerweile alles über künstliche Befruchtung und Adoptionsformalitäten, ohne dass sie das jemals interessiert hätte) war ihr nach und nach klar geworden, dass das nicht ihre Welt war und dass sie andere Wege gehen musste.

Sie hatte immer noch Freunde, die eine Familie gegründet hatten. Aber das waren die wenigen, die dies als natürliche Konsequenz ihrer glücklichen Partnerschaft ansahen und nicht als statussymbolisch verqueren und ausschließlichen Sinn des eigenen Lebens.

Sissy hatte niemals den festen Vorsatz gehegt, für den Rest ihres Lebens alleine zu bleiben, und das hatte sich bis zum heutigen Tag auch nicht geändert. Allerdings war sie im Lauf der Jahre immer misstrauischer und vorsichtiger geworden.

Das lag an dem, was sie sowohl im beruflichen als auch im privaten Umfeld bezüglich Partnerschaften mitbekommen hatte, aber viel mehr noch an der Tatsache, dass sie sich nicht sehr häufig, aber wenn dann, sehr tief und dauerhaft verliebte.

Aus diesen Gründen war das Mäuerchen, dass der Architekt ihrer Seele, im Lauf der Jahre in ihrem Innersten errichtet hatte, mittlerweile auf eine stattliche Höhe angewachsen.

»Klar, du weißt doch, dass Männer flachlegen mein Spezialgebiet ist, Erwin.«

Sissy zwinkerte ihm zu und küsste nun Alex links und rechts auf die Wange.

Es hatte unzählige Versuche von allen Seiten gegeben, ihn mit ihr zu verkuppeln. Aber obwohl tatsächlich anfangs eine unerklärliche Anziehungskraft zwischen ihnen beiden vorhanden gewesen war, war nie etwas daraus geworden.

Erwin hatte, im Gegensatz zu allen anderen, die Bestrebung, aus »Alli und Alex« ein Paar zusammen zu pfriemeln, immer noch nicht aufgegeben.

»Ihr würdet ja schon ganz gut zusammenpassen«, frotzelte er, als sie sich nebeneinander, und gleichzeitig auf den schicken Leder-Oldies nieder ließen.

Ralfs Stimme unterbrach den erneuten Kuppelversuch.

»Was magsch denn trinken?«

Sissy strahlte ihn an.

»Oh, ein Bierle wäre super.«

Und während sie neben sich ein leises Geräusch vernahm, das signalisierte, dass Alex seinen Stuhl näher zu ihrem schob, dachte sie: Endlich Feierabend!

VOM STAU IN DIE TRAUFE

Am nächsten Morgen, der so grau war wie der zuvor, rannte Sissy den langen Gang der dritten Etage des Polizeipräsidiums entlang.

Das Versumpfen in ihrem Lieblingssessel und die von Kaffeetrinken begleitete, trübsinnige Reflektion des Vortages, hatten ihre ganze Aufmerksamkeit gefordert und ihr Zeitmanagement gehörig durcheinandergebracht.

Die erste Besprechung bezüglich des Todes von Sarah Urban war für acht Uhr angesetzt und sie war spät dran.

Als sie mit wehenden Haaren um die Ecke bog, wäre sie um ein Haar mit Elli Kächele zusammen gestoßen, die einen hoch aufgetürmten Aktenstapel balancierend, Richtung Sekretariat unterwegs war. Sissy konnte gerade noch den Aufprall vermeiden, indem sie einen, für ihre Körperfülle geradezu akrobatischen, Haken schlug.

»Huch, Mädle! Langsam! Des isch ja lebensgfährlich«, entfuhr es der Dezernatssekretärin und guten Seele des Präsidiums.

»Sorry und guten Morgen, liebe Elli. Sind schon alle da?«, fragte Sissy keuchend, während sie weiterlief.

Sie hatte die Tür zum »Chatroom«, wie Eric das Besprechungszimmer irgendwann getauft hatte, fast erreicht.

»Jetzt ja«, erwiderte Elli Kächele trocken, zwinkerte ihr

zu und wackelte, jonglierend, von dannen.

Sissy holte tief Luft und öffnete die Tür.

Als Sie eintrat, beherrschte ein munteres Stimmengewirr den Raum. Es war Montag und die Kollegen, die das Wochenende frei gehabt hatten, also alle außer Sissy, Eric, Herbert Hämmerle und Wolfgang Faul, tauschten sich über ihre Wochenendaktivitäten und Erlebnisse aus. Polizeipräsident Dr. Wilhelm Staudt der mit dem Rücken zur Fensterfront am Ende des Konferenztisches thronte, erzählte gerade Dr. Hämmerle, dass er es endlich geschafft hatte, am Samstag sein Handicap zu verbessern und hatte dabei einen spitzbübisch leuchtenden Gesichtsausdruck, den Sissy noch nie zuvor bei ihm gesehen hatte.

Außer diesen beiden und Eric Jahn, waren auch alle anderen Mitarbeiter der Abteilung anwesend.

Auf der linken Seite neben Eric saßen die Kollegen Erwin Schober, Kriminalhauptkommissar, sowie seine Partnerin Edeltraut Schwämmle, die seit zwanzig Jahren ein Team bildeten und fast genau solange in wilder Ehe zusammenlebten.

Auf der rechten Seite, neben Dr. Hämmerle, hatte sich wie immer die Spurensicherung gruppiert. Sie bestand aus den Komissaren Wolfgang Faul, dem Chef der Mini-Abteilung und Harald Stark sowie Hauptkomissarsanwärterin Sabrina Schönleber.

Direkt neben der Tür saß Kai Diesner, genannt »Diesi«, der Jüngste im ganzen Präsidium. Er war frisch von der Polizeischule und noch unentschlossen, welche Laufbahn er einschlagen wollte. Er war im Moment so ein bisschen

»Mädchen für alles«, aber egal wo er eingesetzt wurde, er machte seine Sache ausgesprochen gut.

In der Hoffnung, sie könnte sich unbemerkt auf einen der letzten freien Plätze schmuggeln, schloss Sissy leise die Tür und floss, mit der Geschmeidigkeit einer Katze, lautlos auf den nächsten freien Stuhl.

»So, da sich das Fräulein Ulmer nun gnädigerweise auch zu uns gesellt hat, können wir ja endlich anfangen.«

Die laute Stimme, beendete abrupt das fröhliche Gemurmel.

Der Präsident hatte mit einem Ruck den Kopf gedreht und seinen tadelnden Blick, der jetzt alle Lausbubenhaftigkeit verloren hatte, auf Sissy geheftet.

Noch etwas tiefer in den Stuhl sinkend murmelte sie: »Entschuldigung, die B10 war mal wieder dicht.«

Dass sie nach dem Wort Entschuldigung besser hätte aufhören sollen zu sprechen, wurde ihr zu spät klar.

»Nun ja, ihre Wortwahl impliziert es bereits. Sie wissen, wie alle anderen hier im Raum, dass die B10 das *immer* ist, unter der Woche und um diese Uhrzeit. Das weiß sogar schon mein vierjähriger Enkel. Diesbezüglich gibt es mindestens zwei ganz einfache Lösungen, die bei allen anderen Anwesenden, die pünktlich waren, offenbar hervorragend funktionieren. Entweder man entscheidet sich für öffentliche Verkehrsmittel, oder man steht morgens früher auf, dann kann man früher losfahren und ist – surprise, surprise – früher da.«

Sissy wollte Luft holen, um sich erneut zu entschuldigen, dieses Mal ohne die verunglückte Begründung, doch Dr.

Staudt brachte sie mit einer Handbewegung zum Schweigen.

»Fangen wir also an«, wechselte er vom schulmeisterlich-belehrenden in einen geschäftsmäßigen Tonfall.

»Herr Jahn, wenn Sie bitte beginnen, dann kann sich unser Fräulein Ulmer in der Zwischenzeit etwas von ihren Stau-Strapazen erholen.«

Er sah Sissy dabei an, wie ein Krokodil, dass lauernd vor seiner Beute im Wasser lag. Einige Kollegen unterdrückten ein Schmunzeln.

Dr. Staudt war berühmt für seine trockene, sarkastische Art und, wenn auch nicht gerade geliebt von seinen Mitarbeitern, so doch zumindest angesehen und respektiert.

Er stellte sich immer vor seine Leute und nahm sie in Schutz, wenn sie von Presse, Öffentlichkeit oder anderen Stellen, wie der Staatsanwaltschaft kritisiert wurden.

Seine beachtliche Körpergröße von knapp zwei Metern, der in der Regel strenge, konzentriert wirkende Gesichtsausdruck sowie der für einen schwäbischen Beamten ausnehmend gute Kleidungsstil trugen ebenso dazu bei, dass er in seiner Stellung allerseits ein gewisses Ansehen genoss.

Bin gespannt, ob der jemals aufhören wird, mich »Fräulein« zu nennen, dachte Sissy beleidigt.

Sie wurde jedoch unmittelbar aus ihrer gedanklichen Schmoll-Ecke gezogen, als Eric Jahn zu sprechen begann.

»Guten Morgen nochmal. Gestern wurde eine am Killesberg patrouillierende Streife, auf die Schreie einer Frau aufmerksam. Als die Kollegen daraufhin anhielten und ausstiegen, um nach dem Rechten zu sehen, fanden sie die Leiche einer Zweiunddreißigjährigen, die offensichtlich aufgrund massiver körperlicher Gewalt zu Tode gekommen ist. Dr. Hämmerle wird uns das anschließend näher erläutern.«

Der Pathologe nickte.

»Der Name der Toten ist Sarah Urban«, fuhr Eric fort. »Sie war ledig, ausgebildete Hotelfachfrau mit Zusatzstudium im Bereich BWL / Touristik und arbeitete im Belveder, dem uns allen bekannten fünf-Sterne Hotel in der Innenstadt. Chef dieses Hotels ist Giesbert Mey in dessen Garten die Leiche entdeckt wurde. Und zwar von seiner Frau Johanna, mit der er die Villa bewohnt. Mey war aber nicht nur der Chef von Sarah Urban, sondern auch ihr Vermieter. Sie bewohnte eine Art besseres Gartenhaus auf dem Grundstück der Meys.«

»Ist das nicht ungewöhnlich?«, unterbrach Dr. Staudt Erics Ausführungen.

»Wieso wohnt eine Angestellte bei ihrem Chef?«

Eric erklärte: »Wir haben dem Hausherren die gleiche Frage gestellt. Laut ihm, hatte Sarah Urban Schwierigkeiten eine Wohnung in Stuttgart zu finden.«

Zustimmendes Gemurmel, das von Kopfnicken begleitet wurde, ging durch den Raum. Sie wussten alle, wie knapp es auf dem Stuttgarter Wohnungsmarkt aussah, und die Mietpreise standen denen in München, das bekannt war für seine exorbitant hohen Kosten auf dem Immobiliensektor, mittlerweile in nichts nach.

»Sie hat ihre Stelle letztes Jahr im Januar angetreten

und wohnte zunächst in einem Mini-Kämmerchen des Personaltraktes«, fuhr Eric fort. »Als der saniert und in Zimmer für Hotelgäste umfunktioniert wurde, bot Mey ihr an, in das Gartenhaus zu ziehen. Da er auf uns ...«, er deutete auf Sissy, »... nicht gerade den Eindruck eines barmherzigen Samariters gemacht hat, hakten wir nach, was denn die Gründe für diese großzügige Geste gewesen waren. Das war der erste Moment, in dem seine überlegene, kühle Fassade eine Sekunde zu bröckeln schien. Er hatte sich aber sehr schnell wieder im Griff und meinte, er hätte es nicht riskieren wollen eine so fähige Mitarbeiterin zu verlieren.«

»Klingt ja irgendwie nicht sehr glaubwürdig«, meldete sich Sabrina Schönleber zu Wort.

Alle im Raum wussten, warum sie diese Bemerkung machte. Sabrina war ein gebranntes Kind was persönliche, intime Beziehungen zwischen Vorgesetzten und ihren Mitarbeitern betraf. Sie hatte deshalb, in jungen Jahren, das Dezernat, ja sogar die Stadt gewechselt.

Aber sie hatte Recht, fand Sissy. Sie war ja dabei gewesen und hatte das Flackern im Blick von Giesbert Mey bemerkt, als Eric ihm diese Frage gestellt hatte. Auch das in diesem Moment kurze, fast unmerkliche, Innehalten seiner Frau, bevor sie erneut in Tränen ausgebrochen war, war weder Sissy noch Eric entgangen.

»Ja, Sabrina. Sissy und ich hatten denselben Eindruck. Wir haben es an dieser Stelle aber erst einmal gut sein lassen. Natürlich haken wir da später noch nach.

Die Ehefrau Johanna Mey war nicht vernehmungsfähig.

Sie hat die Leiche gefunden und stand unter Schock. Wir haben sie, zusammen mit ihrem Mann, für morgen zur Befragung einbestellt. Und jetzt übergebe ich an Dr. Hämmerle.«

So Herbi, dann leg mal los, dachte Sissy, in sich hinein schmunzelnd.

Ein kurzes Räuspern, des Angesprochenen folgte. Ebenso die obligatorische Pause und der staatstragende Blick, mit dem er über den Rand seiner sündhaft teuren Lesebrille, einen Kollegen nach dem anderen, wortlos zur ungeteilten Aufmerksamkeit aufforderte.

Sissy wusste wie sehr er es hasste, seine Ausführungen wiederholen zu müssen.

»Auch von mir nochmals guten Morgen, geschätzte Kollegen. Um es so kurz wie möglich zu machen, die junge Dame ist erschlagen worden.«

Pause.

»Ihr Schädel wurde auf eine Art und Weise zertrümmert, wie ich es nie zuvor in meiner Laufbahn gesehen habe.«

Erneute Pause. Im Raum hätte man jetzt eine Stecknadel fallen hören können. Es war, als hielten alle den Atem an.

»Es war eine große Herausforderung, die ungefähre Anzahl der Hiebe festzustellen. Ich kann an dieser Stelle bedauerlicherweise nur eine grobe Schätzung abgeben.«

Wider Stille.

»Fünfzehn bis Zwanzig.«

Die Ruhe im Zimmer nahm gespenstische Ausmaße an, bis sie von Erwin Schober durchbrochen wurde, der einen

Punkt auf der Tischplatte fixierend, halblaut von sich gab: »Da war ja wohl ganz schön viel Hass dabei ...«

Fast das Gleiche hat Eric auch gesagt, dachte Sissy. Hämmerle schaute ihn über den Rand seiner Brille an. Sein Blick war ernst und es lag auch eine Spur von Traurigkeit darin.

»Ich beteilige mich, wie Sie alle wissen, nicht gern an Spekulationen, bezüglich Motiven oder Emotionalität, aber ich neige in diesem Fall ausnahmsweise dazu, Ihre Einschätzung zu teilen, Kollege Schober.«

EITLER

Als die Besprechung sich dem Ende neigte, alle Aufgaben verteilt sowie die weitere Vorgehensweise geklärt war und Dr. Staudt, wie üblich, darauf hingewiesen hatte, dass die Kollegen Ulmer und Jahn dafür verantwortlich wären, ihn täglich auf den aktuellen Stand der Ermittlungen zu bringen, klopfte es lautstark an die Tür.

Ohne, dass jemand im Raum auch nur hätte Luft holen können, um das eigentlich abzuwartende »Herein« zu erwidern, wurde sie fast gleichzeitig aufgerissen. Polizeimeister Gunther Esch stand, leicht außer Atem, im Türrahmen.

»Sorry, Morgen. Ist mir jetzt a bissle peinlich. Weiß ja auch nicht, ob es soooo arg wichtig ist. Hab da vergessen, was zu sagen. War ja alles ein wenig hektisch und so ...«

Dr. Staudt hatte seine Überraschung als Erster wieder überwunden.

»Guten Morgen, Esch. Holen Sie Luft, hören Sie auf zu stammeln und sprechen Sie in ganzen, zusammenhängenden und Sinn-ergebenden Sätzen ... bitte.«

»Okele, ich probiers«, war die konsternierte Antwort.

Esch trat einen Schritt weiter in den Raum, schaute sich um und begann erneut, jetzt deutlich ruhiger und konzentrierter.

»Gestern, als wir, also die Sonja und ich, vom Tatort weggefahren sind, ist mir ein Auto aufgefallen, das mir bekannt vorkam. Ich hab dann genauer hingeschaut und gesehen, dass ich mich nicht getäuscht hatte.«

Er machte eine Pause und schaute in die, ihn mit gespannter Beachtung anblickende Runde.

»Es war der Eitler.«

Für einen kurzen Moment herrschte Ruhe, bis es Eric entfuhr: »Der Eiter ...?! Was zum Teufel hatte der denn da verloren?«

In Sissys Kopf begann es zu rattern.

Wenn der, hinlänglich bekannte, und von niemandem im Präsidium geschätzte Privatdetektiv Heiko Eitler irgendwo in der Nähe eines Tatortes gesichtet wurde, bedeutete das zumeist, dass unappetitliche Details im Umfeld der Ermittlungen ans Licht kamen, die diese wie ein Geschwür zum platzen brachten.

Diese Tatsache hatte ihm den Spitznamen »Eiter« eingebracht. Wobei eigentlich sein richtiger Name Eitler schon Programm genug war.

Seine Detektei befand sich in der Tübinger Straße, in einem Häuserblock aus dem neunzehnten Jahrhundert, gegenüber des neu gebauten, und wie viele Stuttgarter Bürger fanden, überdimensionierten Einkaufszentrums »Gerber«, benannt nach dem Stadtviertel, in dem es sich befand.

Niemand wusste genau Bescheid über seinen Werdegang und wie er zu dieser außergewöhnlichen Berufswahl gekommen war. Böse Zungen behaupteten, er wäre an der Aufnahmeprüfung der Polizeischule gescheitert, weshalb er, sponsered by daddy, ein eigenes Detektivbüro eröffnet hätte.

Er trug immer maßgeschneiderte Anzüge, um darauf angesprochen, nicht müde werdend, zu entgegnen: »Na und? Wer kann der kann. Ich bin schließlich nicht Columbo. Bei mir erkennt man die Qualität der Arbeit halt schon an der Kleidung.«

Dazu kam, dass Heiko Eitler zwar nicht gerade ein schöner Mann im eigentlichen Sinne war, zu schlaksig, das Gesicht etwas zu hager, und die Nase ein wenig zu schräg und nach unten gebogen. Aber er hatte eine Ausstrahlung, wie ein Adler auf Beutefang, was seine mandelförmigen Augen, die leuchtend grün mit braunen Sprenkeln, jeden Fotografen gereizt hätten, noch unterstrichen. Sissy war außerdem der Meinung, dass ein Mann, der eigentlich gar nicht arbeiten müsste, weil er aus einem Elternhaus stammt, das ihm ein Leben als Privatier durchaus hätte ermöglichen können, per se eine Lässigkeit inne hatte, die den meisten anderen Menschen, die ihre Existenz nur durch harte Arbeit halbwegs sichern konnten, fehlte. Sie mochte den Gedanken zwar nicht, aber es war genau diese besondere Ausstrahlung, die auch sie einmal hatte schwach werden lassen.

Eitler war in einem ihrer ersten Fälle aufgetaucht. Der Mord an einem Filderbauern, der sich geweigert hatte, sein Grundstück für den neuen Messebau am Stuttgarter Flughafen zu verkaufen. Eitler war im Umfeld der Ermittlungen in Erscheinung getreten, weil er für die

Messe-Bau GmbH hatte herausfinden sollen, wie man dem quer treibenden Dickschädel am besten beikommen könnte.

Sissy war, nach Aufklärung des Falles mit Eric im Stuttgarter Nachtleben unterwegs gewesen, um den Erfolg zu feiern. Gegen zirka zwei Uhr morgens, und nach dem vierten Gin Tonic im Delayla, einem bekannten Stuttgarter Nachtclub, hatte plötzlich Eitler neben ihr gestanden. Eric war gerade dabei gewesen aufzubrechen und Sissy wollte ebenfalls nach Hause. Aber irgendwie war es dem Detektiv gelungen, sie zum Bleiben zu überreden. Ruck zuck stand das nächste Getränk vor ihr und Eitler fing an, sie in ein Gespräch zu verwickeln. Irgendwann wurde achtziger Jahre Musik gespielt und sie tanzten wie die Wilden, um nach ungefähr einer Stunde lachend und einigermaßen ermattet, auf zwei Sessel in einer Abseits gelegenen, dunklen Ecke zu sinken.

Danach war alles ganz schnell gegangen.

Während sie beide noch das Treiben im Lokal beobachteten und sich von ihrer flotten Sohle erholten, hatte der Detektiv angefangen, Sissy den Rücken zu streicheln. Als er ihren Blick einfing, zog er sie an sich und begann sie zu küssen. Erst vorsichtig, dann immer leidenschaftlicher. Nach wenigen Minuten hatte er ihr ins Ohr geflüstert: »Ich glaube, wir sollten besser gehen, Süße.«

Am nächsten Morgen war Sissy mit einem pelzigen Gefühl sowohl im Mund, als auch im Kopf aufgewacht, und hatte fluchtartig die fremde, kalt möblierte Designer Wohnung verlassen.

Heiko Eitler hatte noch tief und fest geschlafen und Sissy wusste bis zum heutigen Tag nicht, was er wohl gedacht haben musste, als er die kurze Nachricht entdeckte, die sie, noch im Hinaushuschen, auf einen Zettel gekritzelt und auf den Designer Glastisch geworfen hatte.

»War nett. Wiederholung ausgeschlossen. Alles Gute. A.« Sie waren sich danach immer wieder begegnet, aber der Vorfall war von keinem von ihnen beiden je wieder erwähnt worden.

Sissy hatte sich die Geschichte allerdings nie so richtig verziehen, denn er war ihr vom ersten Moment an unsympathisch gewesen, und trotzdem hatte er es fertiggebracht, sie abzuschleppen, wie einen willenlosen, naiven Teenager.

Und Erics Sticheleien, die sie sich immer anhören musste, wenn Eitler im Umfeld einer Ermittlung auftauchte, machten es auch nicht einfacher, das Ganze ad acta zu legen. Auch jetzt, nach der Erwähnung seines Namens durch Esch, warf Eric Sissy diesen »Dein Verehrer macht mal wieder Ärger Blick« zu.

Na toll, dachte sie. Der Schatten der Vergangenheit schiebt sich prompt vor die eh kaum noch vorhandene Novembersonne. Nie wieder Gin Tonic ...

Dr. Staudt riss sie aus ihren reuigen Gedanken und niemals wahr werdenden, guten Vorsätzen:

»Das lässt ja tief blicken, dass dieser Herr ...«, wobei er dieses Wort auf eine Art und Weise dehnte, dass es unmittelbar der eigentlichen Bedeutung widersprach, »... mal wieder in der Nähe eines ungeklärten Verbrechens aufhält.

Wer übernimmt seine Befragung?«

Sissy sank noch tiefer in den Stuhl, was sie fast unter den Tisch hätte rutschen lassen. »Das machen wir«, kam es aus Erics Mund.

Sissy traute ihren Ohren nicht, obwohl sie es geahnt hatte. Er mochte Eitler genauso wenig wie sie selbst, genoss es allerdings deshalb um so mehr, dem aufgeblasenen Schmalspur Schnüffler zu zeigen, wer hier das Recht hatte, irgendwelche Ermittlungen durchzuführen. Und zwar im Namen des Volkes und nicht im Namen des Geldes, wie Eric nicht müde wurde zu betonen. Ganz besonders gern in Eitlers Gegenwart.

Hahnenkämpfe ..., dachte Sissy, ... alle gleich!

Manchmal beschlich sie der Verdacht, dass Eric vielleicht sogar ein wenig eifersüchtig sein könnte. Aber im Moment nervte sie einfach nur der Gedanke, sich schon wieder mit diesem Teil ihrer unrühmlichen Vergangenheit befassen zu müssen. Das Schlimmste war nämlich, dass eine Begegnung mit Eitler jedes mal ein Ziehen in ihrem Unterleib verursachte, da die Erinnerungen an die gemeinsame Nacht immer noch nicht verblasst waren und sie nicht im geringsten verstand, wie man sich körperlich so zu jemandem hingezogen fühlen konnte, dem man am liebsten ein one-way-ticket auf den Mond geschenkt hätte. Nein. Das war nicht das Schlimmste. Was noch viel mehr an ihr nagte, war das Gefühl, durch die Art, wie er sie ansah, dass er ganz genau um diese Tatsache wusste und – es genoss.

Dr. Staudt beendete die Besprechung mit den üblichen

Motivations-Floskeln. Allgemeines Stühlerücken, plötzlich stand Eric ganz dicht neben ihr.

»Na dann lass uns mal schauen, was dein Schätzle da zu suchen hatte«, raunte er Sissy ins Ohr.

Ruckartig drehte sie sich um und fauchte ihm in sein grinsendes Gesicht.

»Das ist nicht mein Schätzle. Hör endlich auf mit dem Mist!«

Sie rannte Richtung Tür, und ein immer noch in sich hinein schmunzelnder Hauptkommissar folgte ihr.

Auf der Fahrt Richtung Detektei Eitler sprachen sie beide kein Wort.

Eric, der am Steuer saß, konzentrierte sich auf den immer noch sehr regen Verkehr im Stuttgarter Innenstadtbereich, während Sissy versuchte, sich für die bevorstehende Konfrontation zu wappnen.

Sie ärgerte sich über sich selbst, und die Tatsache, dass sie das tat. Aber sie verstand einfach nicht, warum sie sich auf diese Nacht eingelassen hatte, und war nicht in der Lage, die Schuld allein beim übermäßigen Gin-Tonic-Genuss zu sehen.

Sie hatte schon mit Anfang zwanzig herausgefunden, dass sie nicht der Typ war für one-night-stands und es danach gelassen. Sie hatte Beziehungen gehabt, die allerdings nie länger als zwei Jahre gedauert hatten und in den Phasen dazwischen, die meistens eben solang, oder sogar länger waren, hatte sie nie das Bedürfnis verspürt, mal wieder kurzzeitig ihren Hormonhaushalt in Ordnung zu bringen, wie es irgendwann einmal irgendjemand beim Essen in der Kantine formuliert hatte.

»Für mich gehören Sex und Gefühle zusammen. Ich lebe doch nicht in einem Pornofilm«, hatte sie damals erwidert.

Und mit einem Mann zu schlafen ist für mich auch kein biochemischer Vorgang, dachte sie jetzt.

Aber gerade deshalb verstand sie immer noch nicht, warum sie sich wider besseren Wissens und entgegen ihrer eigenen Überzeugung, im stolzen Alter von siebenunddreißig Jahren, zu so etwas hatte hinreißen lassen.

Egal, jetzt bist du fast vierzig, das ist ewig her. Verzeih es dir endlich. Du bist halt auch nicht perfekt, Fräulein Ulmer, tadelte sie sich selbst und musste lächeln.

Der Staudt, jetzt hat er es geschafft, dass ich mich schon selber so nenne.

»Was ist denn so lustig?«, riss Eric sie aus ihren Gedanken. »Freust du dich über meinen Fahrstil, oder träumst Du von der Karibik?«

Sissy hatte nicht bemerkt, dass er sie von der Seite beobachtete.

»Ach nichts«, erwiderte sie. »Ich hatte eine kleine Unterredung mit mir selbst. Frauengespräch sozusagen.«

»Aha! Klingt spannend. Leider kann ich dich nicht weiter verhören. Wir sind da.«

»Chabän sie einän Tärrmin?«, schnarrte es ihnen entgegen, als sie das Vorzimmer zu Eitlers Büro betraten.

Halb verdeckt vom Computerbildschirm, saß eine junge Frau, deren Erscheinung Sissy für einen kurzen Moment sprachlos machte.

Sieht aus, als wäre sie aus dem Rotlichtviertel abgehauen, dachte sie.

Eitlers Sekretärin verfügte neben dem herrlichen, osteuropäischen Akzent auch noch über zwei schlagende Argumente in der Mitte ihres Oberkörpers und war gekleidet und geschminkt, als würde sie versuchen, dem grauen November etwas Farbe einzuhauchen.

Eric blieb völlig unbeeindruckt.

»Wie ich Ihnen bereits an der Gegensprechanlage erklärt habe, sind wir von der Kriminalpolizei. Das bedeutet, wir brauchen keinen Termin. Sagen sie Ihrem Chef einfach, dass wir da sind. Falls er gerade im Gespräch ist, wird er es unterbrechen müssen.«

»Jawoll, Cherr Obärfäldwäbel!«, war die Antwort, und die junge Frau salutierte.

Sissy musste sich beherrschen um nicht laut loszulachen.

Mann, wie geil ist das denn? Also Geschmack hat sie keinen, aber schlagfertig ist sie definitiv, dachte sie, und blickte zu Eric, dessen Gesicht eine leicht rötliche Färbung angenommen hatte.

»Sieh an, sieh an. Meine Freunde vom Staatsdienst. Nehmt doch bitte Platz. Was kann ich denn für euch tun?«, schmetterte Eitler ihnen entgegen, als sie sein riesiges, hochmodern möbliertes Büro betraten.

»Alissa, du siehst bezaubernd aus«, schnurrte er in Sissys Richtung und bedachte sie dabei mit seinem Adlerblick, um ihr dann ganz kurz, und fast unmerklich, zu zublinzeln.

Da war es wieder, dieses Ziehen im Unterleib und das Kribbeln im Magen. Aber sie ließ sich nichts anmerken.

»Danke«, erwiderte sie nur knapp. »Wir sind nicht hier um small talk zu machen, und unsere Zeit ist begrenzt, also zur Sache. Was hast du letzten Sonntag am Killesberg gemacht. Du bist in der Nähe eines Tatortes gesehen worden. Was hattest du da zu suchen?«

Heiko Eitler tat überrascht: »Tatort? Ich weiß nichts von einem Tatort. Ich war da spazieren. Ist ja eine schöne Gegend ... Ideal, für einen kleinen Sonntagsausflug.«

»Hör auf, uns zu verschaukeln, und beantworte die Frage. Sonst nehmen wir dich in Beugehaft.«

Erics Tonfall war immer noch relativ ruhig, aber Sissy wusste, dass sich das in Kürze ändern würde, wenn er nicht bald eine zufriedenstellende Antwort bekäme. Er war ein Mensch, der prinzipiell in sich ruhte, und den nichts so leicht aus der Fassung bringen konnte. Aber Heiko Eitler gelang dieses Kunststück mühelos, wie sie schon oft hatte miterleben dürfen.

Warum ist der nur so dünnhäutig wenn es um Heiko geht, fragte Sissy sich nicht zum ersten Mal.

Der Detektiv lehnte sich zurück und schaute Sissy statt Eric an.

»Na dann mal los. Ich bin ein freier Bürger dieser Stadt und kann mich mit meinem Auto aufhalten, wo ich will, solange ich nicht die Zufahrt einer Notaufnahme blockiere oder irgendwo in der Feuergasse stehe.«

Und kurz darauf, nun an Eric gewandt und deutlich schärfer im Tonfall: »Und das weißt du auch ganz genau!«

Es trat eine unangenehme Stille ein, die jedoch nur von kurzer Dauer war.

»Du widerliche, elende Kanalratte. Ich mach dich fertig!«

Eric war abrupt aufgesprungen.

»Wenn du glaubst, dass du damit durchkommst, hast du dich geschnitten. Ich krieg dich auf jeden Fall dran. Und wenn auch *nur* wegen Behinderung polizeilicher Ermittlungen. Du bist so erbärmlich. Ich frage mich, wie du dich morgens noch im Spiegel anschauen kannst, ohne dich sofort übergeben zu müssen.«

Er wandte sich an Sissy.

»Komm, wir gehen. Sonst dreh ich diesem Schmalspur-Sherlock Holmes noch den Hals um.«

Eitlers Grinsen reichte beinahe komplett von einem Ohr zum anderen.

»Ihr erlaubt, dass ich sitzenbleibe. Ihr kennt ja den Weg. Ach und wenn ihr Mascha bitte sagen könntet, dass sie reinkommen soll ... ich muss ihr etwas diktieren. Alissa, es war wie immer eine Freude, dich zu sehen. Cheerio und viel Erfolg.«

Sissy stand nun ebenfalls auf, und nahm Eric am Arm, weil er aussah, wie ein Tiger, der zum Sprung über den Schreibtisch ansetzte.

»Wie auch immer, Heiko. Das letzte Wort in dieser Sache ist noch nicht gesprochen. Das weißt du. Wir sehen uns«, sagte sie, und verließ, ohne ihm zuzuzwinkern, zusammen mit Eric den Raum.

CHECK IN

»Mensch, Eric! Musste das sein?«

Sie saßen wieder im Dienstwagen und waren unterwegs zum Hotel Belveder. Sie wollten sich sowohl im Arbeitsumfeld der toten Sarah Urban umhören und -schauen, als auch ihre Kollegen befragen.

»Der widerliche Drecksack lügt, dass sich die Balken biegen. Spaziergang ... Pah, dass ich nicht lache. Der weiß was!«

Sissy erwiderte: »Ja, ganz bestimmt weiß er etwas, aber dass man auf diese Art und Weise, die du da mal wieder an den Tag gelegt hast, nichts aus ihm raus bekommt, dürfte dir mittlerweile klar sein, oder? Wieso flippst du immer gleich so aus, wenn ihr beide im selben Raum seid?«

»Weil der Typ ein Kotzbrocken ist, der nichts Besseres zu tun hat, als sich aufzublasen und uns die Arbeit zu erschweren. Deshalb.«

»Was den ersten Teil angeht, stimme ich dir zu, aber es gibt halt gewisse Dinge, die die Polizei, also wir, nicht macht und deshalb braucht man manchmal so Leute wie Heiko.«

Sissy traute ihren Ohren fast genau so wenig, wie dem eben von ihr selbst Gesagten. Ich nehme den Eitler in Schutz? Hat der Typ mich hypnotisiert, oder wie hat er es geschafft, dass ich ihn verteidige? Ich glaub, es geht los ...!

»Wie dem auch sei ...«, fuhr sie hastig fort, in der Hoffnung, Eric würde ihr fragwürdiges Plädoyer für den Detektiv nicht bemerken »... nach deinem Auftritt eben wird es extrem schwer werden, noch irgendetwas von ihm zu erfahren.«

»Na das wirst du schon schaffen. Du hast ja einen ganz persönlichen Draht zu diesem Schmierlappen.«

Sissy drohte ihm mit der Faust, weil ihr im Moment nicht mehr dazu einfiel, und brachte ihn damit zum Lachen.

Sie waren am Belveder angekommen, und die Fortführung der Unterhaltung sowie die Beinahe-Schlägerei zwischen Kollegen, musste vertagt werden.

Sie traten nacheinander durch die automatische Drehtür des Eingangsbereiches.

Die Lobby des Belveder war gigantisch groß, wirkte jedoch dank geschickter Möblierung und mittels eleganter Raumteiler nicht wie eine Fabrikhalle, sondern strahlte eine stilvolle Gemütlichkeit aus.

Glückwunsch an den Innenarchitekten, dachte Sissy.

Über einen, wie neu aussehenden, edlen, dunkelgrauen Teppichboden schlenderten Sissy und Eric in Richtung des sicher zwölf Meter langen Empfangstresens. Dahinter standen vier Angestellte des Hotels, die offensichtlich alle beschäftigt waren. Also steuerten sie wahllos auf die junge Frau zu, die sich hinter dem linken äußeren Ende der Theke befand. Sie unterbrach unmittelbar ihre Tätigkeit.

»Schönen, guten Tag. Herzlich Willkommen im Belveder.

Sie möchten einchecken?« Die Rezeptionistin trug ein Kostüm, gehalten in elegantem beige und darunter eine weiße Bluse. Ihr dunkelblondes Haar war zu einem Dutt geformt, der nicht, wie in den vergangenen Jahrzehnten üblich, am Hinterkopf saß, sondern, leicht japanisch anmutend, wie ein kleines Prinzessinnen-Krönchen, hoch auf ihrem Haupt thronte.

Sie lächelte Sissy und Eric auf eine geschäftsmäßig unverbindliche, jedoch nicht unangenehme Art und Weise an und blickte ihnen fragend entgegen.

Am Revers ihres kurzen Jacketts heftete ein Namensschild, das ihnen signalisierte, dass eine gewisse Tanja Fischer vor ihnen stand.

Sissy erwiderte den Gruß, ebenso Eric, und erläuterte dann den Grund ihrer beider Anwesenheit.

Mit einem Schlag verschwand die professionelle, freundliche Fassade der jungen, bedutteten Frau. Sie wurde blass und geriet ins Stottern.

»Ja, oh mein Gott ... wir haben es vorhin erst erfahren. Es ist so ... so furchtbar!«

Sie atmete schwer und stützte sich mit beiden Händen auf den Rezeptions-Tresen, der sie räumlich von Sissy und Eric trennte.

Kurze Zeit später folgten Sissy und Eric Tanja Fischer, die sich wieder ein wenig gefangen hatte, durch eine Tür, die sich hinter der Rezeption befand. Sie gingen hintereinander her durch einen Raum, an dessen linker Wand ein großes, mit Aktenordnern gefülltes Regal zu sehen war.

Zur Rechten standen, Kante an Kante, drei ausladende Schreibtische, darauf jeweils Büromaterial und Computer, hinter denen wiederum zwei Frauen mittleren Alters, sowie ein junger Mann um die zwanzig saßen. Alle drei trugen Headsets.

»Unsere Reservierung«, erklärte die Rezeptionistin knapp. Die zwei Frauen unterbrachen kurz das Einhämmern auf ihre Tastaturen und murmelten ein leises »Grüss Gott«. Der junge Mann hatte offensichtlich einen Gesprächspartner in der Leitung, dem er soeben in feinstem British English mitteilte, dass das Hotel zum gewünschten Termin keine Zimmer mehr frei hatte.

»I am terribly sorry, Sir. But on the nineteenth we are fully booked.«

Er nickte kurz in Richtung der einen, ihm bekannten Person, sowie der beiden Fremden, um gleich darauf fort zu fahren: »I do apologize, but I can recommand ...«

Was genau der junge Reservierungsmitarbeiter dem enttäuschten Gast empfehlen wollte, hörten sie nicht mehr. Tanja Fischer hatte eine weitere Tür geöffnet, und führte sie einen langen, von quietschend-fiesem Neonlicht erhellten Gang entlang. Hier war nichts mehr zu spüren vom edlen Ambiente der Hotel Lobby. Unter ihren Schuhsohlen befand sich jetzt billigster Industrieteppich und von den Wänden blätterte die Farbe ab.

Typisch, dachte Sissy. Vorne Hui, hinten Pfui. Sie konnte es nicht fassen, dass es sich in vielen deutschen Unternehmen immer noch nicht herumgesprochen hatte, dass sich ein angenehmes Arbeitsumfeld, zu dem unter anderem auch halbwegs passable Räumlichkeiten für Mitarbeiter gehörte, positiv auf das Wohlbefinden selbiger und somit auch auf deren Motivation und die wiederum daraus resultierenden Produktivität auswirkte.

Das nennt man »mangelnde Wertschätzung«, ärgerte sie sich, als die junge Frau vor ihr stoppte und sie und Eric in einen Raum führte, der mittels Schild als Aufenthaltsraum deklariert war.

Schlimmer geht immer, schoss es Sissy durch den Kopf, und sie konnte an Erics Gesichtsausdruck erkennen, dass seine Gedanken in eine ähnliche Richtung gingen.

Das Zimmer war zirka dreißig Quadratmeter groß. Die anno dazumal weißen Wände waren voller Macken, schwarzer Striche und Streifen, und im oberen Bereich, Richtung Decke, wurden sie, je höher der Blick wanderte, peu à peu, immer Nikotin-verfärbter.

So sieht deine Lunge auch aus, dachte Sissy angewidert. Oder vielleicht noch ein bisschen schlimmer?! Nämlich so, wie die zwei, vor Dreck starrenden, schmutzigen, schwarz-grauen Fenster, durch die das Tageslicht kaum noch eine Chance hatte einzudringen.

Das bunt zusammengewürfelte, lädierte, und offensichtlich anderweitig ausrangierte Mobiliar, der übervolle Mülleimer sowie die eisige Kälte, die nahezu der Außentemperatur entsprach, komplettierten den erbärmlichen Eindruck, den dieser Raum vermittelte. Der überquellende Aschenbecher, der auf einem der beiden ramponierten Tische stand, war sowohl die Erklärung für die unappetitliche Wandfarbe, als auch für den beißenden

Geruch, was Sissy sofort wieder an ein Raucherentwöhnungs-Seminar denken ließ. Tanja Fischer war offensichtlich peinlich berührt.

»Entschuldigen Sie bitte die Unordnung«, wisperte sie kleinlaut und fummelte an der Heizung herum.

»Wir wollten hier schon seit Ewigkeiten renovieren, aber irgendwie kommen wir nicht dazu ...«

Die gepflegte, hübsche junge Frau in dieser schmuddeligen Umgebung zu sehen, war als würde man eine helle Praline auf einem dunklen Häufchen Hundekot entdecken.

»Kein Problem«, entgegnete Eric, wobei ihn seine angeekelte Miene Lügen strafte.

Sie nahmen alle drei schließlich an einem der weniger schmutzigen Tische Platz. Nämlich an dem, auf dem kein Aschenbecher stand, jedoch eine angebissene, aus einer Papiertüte heraus blinzelnde Brezel lag. Eric schob sie vorsichtig etwas zur Seite.

»Erzählen Sie uns bitte alles, was Sie über Ihre Kollegin sagen können«, eröffnete Sissy die Befragung. »Was war sie für ein Mensch? Was genau waren ihre Aufgaben hier im Hotel? Mit wem aus dem Kollegenkreis kam sie gut, mit wem weniger gut zurecht? Und auch, was Sie über ihr Privatleben wissen ...«

»Nichts, gar nichts!«, unterbrach sie Tanja Fischer hastig, und riss dabei die Augen auf.

Treffer! Eric und Sissy wechselten einen schnellen Blick.

Jetzt wendete er sich an die junge Frau, die nervös ihre Hände knetete.

»Frau Fischer ...«, er machte eine kurze Pause und wartete, bis er ihren Blick eingefangen hatte, »... Ihre Kollegin ist auf das Brutalste umgebracht worden. Die Person, die das getan hat, läuft frei herum. Wir versuchen, diese Person zu fassen, aber dabei sind wir auf Ihre Hilfe angewiesen.«

Die letzten Worte hatte er betont langsam, deutlich und etwas lauter ausgesprochen. Er schaute die junge Frau dabei so intensiv an, dass sie nicht die geringste Möglichkeit hatte, auszuweichen.

Ihre Augen füllten sich mit Tränen. Sie holte tief und stockend Luft und rang um Fassung.

»Ich will aber nicht ..., ich möchte niemand ..., man soll nichts Schlechtes ..., ich weiß es doch auch gar nicht so genau ...«

An dieser Stelle versagte Tanja Fischer die Stimme und sie brach in Tränen aus.

CARLO

Am darauffolgenden Tag saß Sissy auf ihrem Lieblingsplatz im Wintergarten.

»Ich muß nachdenken«, murmelte sie in ihre Kaffeetasse. Sarah Urban ist also laut Hämmerle in der Nacht von Samstag auf Sonntag, zwischen Mitternacht und drei Uhr früh, gestorben.

Dies hatte der Gerichtsmediziner in der ersten Besprechung als ungefähren Todeszeitpunkt an die Kollegen weiter gegeben. Aufgrund der hohen Anzahl von Schlägen, war es ihm jedoch nicht möglich gewesen zu sagen, welcher genau der betreffende, zum Tode führende, hätte sein können.

Ist ja auch eigentlich nicht wichtig, dachte Sissy. Wenn bei meiner Anna ein Vogelschwarm ins Triebwerk fliegt, das daraufhin ausfällt, und eine Notlandung durchgeführt wird, fragt hinterher auch niemand: »Na, welcher der gefiederten, falsch abgebogenen Freunde hat denn nun den größten Schaden angerichtet?«

Meine Anna. Wo steckt die eigentlich im Moment? Sissy versucht sich zu erinnern. Eigentlich hatte sie den aktuellen Dienstplan ihrer Freundin Anna Scheurer, die als Chefstewardess für eine große deutsche Fluggesellschaft tätig war, immer im Kopf.

Während sie noch sinnierte, in welchem Teil der Erde sich Anna wohl gerade aufhalten mochte, und sie sich fest vornahm, die Freundin am Abend anzurufen, flatterte eine große schwarze Krähe über ihren Balkon. Nach kurzem Anvisieren landete sie auf Sissys Strandkorb, der im Moment, zum Schutz gegen die Witterung, mit einer Hülle abgedeckt war.

»Hallo Carlo«, begrüßte sie den ihr wohlbekannten Vogel. Da sie am anderen Ende des Wintergartens saß, und die zirka vier Meter entfernte Balkontür natürlich aufgrund Jahreszeit und Kälte geschlossen war, konnte Carlo sie nicht hören.

Sissy wusste nicht, ob Vögel überhaupt hören können, denn Ohren hatten sie ja offensichtlich keine. Aber sie wusste, dass die Krähe ihre Anwesenheit, durch die Glasscheibe hindurch, wahrnahm.

Solange sich Sissy allerdings nicht allzu viel bewegte, ließ sich Carlo nicht bei seinen Flirt-Versuchen stören.

Sissy hatte, als sie in ihre Wohnung eingezogen war, unter den Holzplanken, ihres Balkons ein Taubennest entdeckt. Ihr erster Versuch, die Produzenten, der darin befindlichen Eier, von diesem Platz (für den sie ja auch schließlich keine Miete zahlten) zu vertreiben, hatte darin bestanden, sich im Baumarkt eine Plastik-Krähe zu besorgen, und diese mittels Draht auf dem Balkongeländer zu befestigen.

Die Tauben hatten sich jedoch nicht im geringsten an dem künstlichen Vogel gestört und hatten munter weiter ihren ätzenden Kot auf Sissys »Sonnendeck« hinterlassen. Letztendlich hatte nur noch das seitliche Zunageln des Zwischenraumes, mittels extra angefertigter Holzdielen, den gewünschten Erfolg Gebracht gebracht.

Die Plastik-Krähe hatte Sissy jedoch an ihrem Platz auf dem Geländer gelassen. Eines Tages, als sie, wie so oft, in ihrem Sessel fläzte, war dann Carlo aufgetaucht. Die hässlichste, zerrupfteste Neckarkrähe, die sie jemals gesehen hatte.

Er war, wie jetzt auch, auf dem Strandkorb gelandet, und hatte dann versucht, mit seinem Artgenossen aus Plastik, Kontakt aufzunehmen. Er hatte sich vorsichtig näher herangepirscht, und dann mit dem Schnabel auf eine fast zärtliche Weise getestet, ob er eventuell eine Chance auf ein Stelldichein haben würde.

Sissy erinnerte sich nicht mehr genau, wann Carlos zum Scheitern verurteilte Flirtversuche ihren Anfang genommen hatten, aber ein paar Monate war es bestimmt schon her. Sie wusste ebenfalls nicht mehr, wie sie darauf ge kommen war, ihn Carlo zu nennen. Der Name war ihr einfach irgendwann, als der Vogel zum x-ten Mal zum anbaggern vorbeigeflogen gekommen war, durch den Kopf gegangen.

Sissy erhob sich vorsichtig aus dem Sessel und ging langsam Richtung Balkontür.

Mann, Mann, Mann, was bist du doch für ein hässliches Kerlchen, dachte sie, während sie ihn betrachtete.

Carlo schaute zurück und legte den Kopf schief, als wollte er sie fragen, was sie da eigentlich für eine störrische

Vogeldame auf dem Balkongeländer beherbergte.

Eigentlich mochte sie Krähen nicht. Aber dieser völlig ramponierte, hoffnungslos in die Falsche verliebte, kleine Kerl erweckte ihr Mitleid. Und er war ihr, auch durch seine Hartnäckigkeit und die leicht vertrottelte Art, im Laufe der Zeit sympathisch geworden.

Sissy trat noch näher an die Balkontür und imitierte Carlo, indem sie ebenfalls den Kopf zur Seite neigte, woraufhin er den seinen auf die andere Seite verlagerte. »Ach Kleiner, kapiers doch endlich: Die ist nicht echt!«, sagte sie, woraufhin Carlo Flügelschlagend entschwand, als hätte er sie gehört.

Zurück in ihrem Lieblingssessel, dachte sie, dass eine Kriminalhauptkommissarin, die durch geschlossene Scheiben mit hässlichen Krähen sprach, vermutlich ein gefundenes Fressen für jeden gestandenen Psychologen wäre.

Aber das tut schließlich keinem Weh. Ich laufe nicht in der Gegend herum und erschlage Menschen, oder betrüge meinen Lebensgefährten. Zack war sie zurück im Thema. So war das häufig. Sie ließ sich oft leicht ablenken, sprang wild in Gedanken hin und her, fand dann aber immer wieder recht schnell das Ende des Fadens, das sie zuvor hatte fallen lassen.

Der Mey hatte also ein Verhältnis mit ihr. Was für ein blödes Klischee ... Der Chef betrügt seine gleichaltrige, langjährige Ehefrau mit der über zwanzig Jahre jüngeren Angestellten, dachte Sissy.

Das war die neuste Information, die sie am Tag zuvor von Tanja Fischer erhalten hatten, nachdem diese sich von ihrem Weinkrampf erholt hatte.

Eric hatte es ihr, in seiner unnachahmlichen Art, durch viel gutes Zureden, peu à peu aus der Nase gezogen.

Die junge Rezeptionistin hatte zwar immer wieder betont, es würde sich nur um ein unbestätigtes Gerücht handeln, das seit einigen Monaten im Hotel die Runde gemacht hätte. Aber als Sissy und Eric auch die restlichen Angestellten des Belveder, die alle in mehr oder weniger direkten Kontakt mit Sarah Urban gestanden hatten, befragten, stellte sich relativ schnell heraus, dass es sich wohl um eine feststehende Tatsache handelte, und dass es hier nicht um den üblichen, durch Langeweile oder Neid motivierten Firmentratsch ging.

Die erste Person, die sich, zwar auch offensichtlich betroffen, aber dennoch sehr deutlich und durchaus glaubwürdig, zu dem intimen Verhältnis von Giesbert Mey und Sarah Urban geäußert hatte, war die Kollegin gewesen, mit der sich die Tote ein Büro geteilt hatte.

Sie war, zu der Zeit, als der Personaltrakt bereits teilweise im Umbau war, Sarah Urban aber ihr Personalzimmer im Hotel noch bewohnte hatte, auf dieser Etage unterwegs gewesen, um den Fortschritt der Bauarbeiten zu kontrollieren.

Als sie am Zimmer ihrer Kollegin vorbeigegangen war, hatte sie eindeutige Geräusche gehört.

Nachdem sie am Ende des Flurs ein paar Worte dem zuständigen Bauleiter gewechselt hatte, und zurück zum Aufzug wollte, war die Zimmertür von Sarah Urban aufgegangen. Sie hatte sich in einem nahegelegenen

Raum versteckt, als sie Kussgeräusche und geflüsterte Abschiedsworte hörte. Dann hatte allerdings ihre Neugier gesiegt, und sie hatte einen langen Hals gemacht, um einen Blick auf den Lover ihrer Kollegin werfen zu können.

»Ich hab gedacht, mich tritt ein Pferd«, waren ihre Worte in der Befragung gewesen. »Da steht der Chef und knutscht mit der Sarah ... sie, halb nackt, im Bademantel, und er hat eine Hand an ihrem Busen und mit der anderen fummelt er sich die Klamotten zurecht.«

Danach hatte sie noch erzählt, dass Giesbert Mey, auffallend oft, mittels ziemlich fadenscheiniger Begründungen, immer wieder in ihrem und Sarah Urbans Büro aufgetaucht war, und sie nach diesem Erlebnis im Personaltrakt auch verstanden hätte, warum.

»Ich hab anfangs gedacht, die verstehen sich nur gut, aber nach dem, was ich da gesehen hatte, wusste ich ja Bescheid«, gab sie noch ziemlich entrüstet von sich.

Die nächste Person, die das »Gerücht« bezüglich einer Affäre von Giesbert Mey und Sarah Urban in ein reales Licht rückte, war einer der Köche des Nobel-Hotels.

Herrmann Siegle war, spätabends, nach einer großen Veranstaltung, und nach Feierabend, noch einmal in die bereits geputzte, und völlig dunkle Küche des Belveder zurückgekehrt, weil er sein, wie er es formulierte »Allerheiligschtes« vergessen hatte. Sein persönliches, privates Buch, in dem er Rezepte aus aller Welt sowie von ihm selbst erdachte Koch-Kreationen, handschriftlich verewigt hatte.

»I kenn mi ja aus in meiner Küch«, hatte er im breitesten

Schwäbisch erklärt.

»Do brauch i nedd extra d' Feschdbeleuchdung oschalde. A bissle ebbes siehsch eh emmer, wäge de Nodlämple ...« Eric, der des Schwäbischen zwar mittlerweile erklecklich mächtig war, jedoch ursprünglich aus Leer in Ostfriesland stammte, hatte Sissy an dieser Stelle einen hilfesuchenden, verständnislosen Blick geschenkt.

Sie hatte rasch übersetzt: »Die Notausgangsbeleuchtung«, als der Koch auch schon weiter schwätzte: »I han mi glei gwundert, daß di Dür zur Schbühlküch offa isch ond do a Lichdle brennd, aber no han i au reladiv schnell ghörd, daß do zwoi am vögla send ...«

Jetzt war es Sissy, die Eric einen fragenden Blick zuwarf. Aber er signalisierte, mittels eines Handzeichens, das auch von Tauchern unter Wasser verwendet wurde, dass er alles verstanden hatte.

Siegle schwäbelte weiter: »I han mei Büchle gschnappt ond wolld die Lombadierle grad zur Sau mache, do hör i die Schdimm vom Chef. I han denkt, i schbinn ...«

Siegle war daraufhin aus der Küche geflohen.

»I will in nix neikomma«, war sein Kommentar gewesen. Allerdings hatte er, ebenfalls angetrieben durch Neugier, noch im Flur herumgelungert, um zu sehen, wer irgendwann, gemeinsam mit dem Hotelmanager, frisch gepoppt, aus seiner Küche kam.

»Erschd isch der Chef komma, ond als er mi gsähe hod, han i gsagd, i wolld mei Büchle hola. Der war dodal nervös ond had gmoind, des däd scho basse, aber i soll et verschregga, die Frau Urban wär au no do, weil se sich en Tee gmachd hädd ...«

Siegle schüttelte den Kopf und Eric war deutlich anzusehen, dass er jetzt mit seinen Schwäbisch-Kenntnissen
am Ende war.

Ich übersetze es Dir später, signalisierte Sissy, erneut mittels Handzeichen.

»I bin dann Hoim, weil ja sowieso älles klar war.«

»Vielen Dank, Herr Siegle. Können Sie uns sonst noch
etwas über Sarah Urban erzählen? Wissen Sie etwas über
ihr Privatleben, ihre Familie, Freunde, Hobbies ...?«

Der offensichtlich kurz vor der Rente stehende Chefkoch
schaute Sissy, die die Frage gestellt hatte, traurig an.

»Ha, noi. Jetzt wo Sie so froged ... eigendlich gar nix.
Nedd war se emmer. Abber au so ...«, er suchte nach
Worten und verfiel, als er fortfuhr, prompt in eine Art
angeschwäbeltes Hochdeutsch, das einen sofort an den
aktuellen Trainer der Deutschen Fußball-Nationalmann-
schaft denken ließ: »Dischtanziert. Professionell. Höflich.
Ich glaube nicht, dass ihnen irgendjemand vom Personal,
etwas anderes sagen wird. Ich hab keine Ahnung, was
des Mädle eigentlich für ein Mensch war.«

Wie schlau du doch bist, alter, weiser Meister der Koch-
kunst, dachte Sissy, als sie sich an diese letzten Sätze von
Herrmann Siegle erinnerte.

Sie stand auf, um dem kleinen roten Drachen eine weitere
Tasse Kaffee abzutrotzen.

Es stimmte, was Siegle ihnen gesagt hatte. Keiner der
Befragten Kollegen im Belveder, hatte etwas anderes über

die tote Sarah Urban sagen können – abgesehen von dem offenbar allen bekannten Gerücht – als dass sie nett, freundlich, höflich und ansonsten distanziert gewesen war. Wer warst du, Sarah? Wer hat dir das angetan? Und warum?

Da die Carlo-show zu Ende, der Kaffee ausgetrunken und das Gedankenkarusell in der Endlosschleife war, hatte Sissy plötzlich freie Kapazitäten, um einen Blick auf die Uhr zu werfen.

Holy shit, dachte sie und rannte ins Badezimmer. Und während sie unter der Dusche stand, beschloss sie: Das Fräulein Ulmer fährt heute mit der Bahn.

TRAURIGE NACHRICHTEN

Es war bereits elf Uhr. Da alle, am Fall Sarah Urban beteiligten, ermittelnden Beamten, am Vortag bis spät in die Nacht gearbeitet hatten, hatte Dr. Staudt die Besprechung später als gewöhnlich angesetzt.

Er warf Sissy, die bei seinem Eintreten bereits auf ihrem Platz neben Eric saß, einen süffisant-anerkennenden Blick zu.

Dass er nicht Beifall klatscht ist alles, dachte sie. So oft komm ich jetzt auch wieder nicht zu spät. Es ist halt in Stuttgart nicht so einfach mit dem Sch … Verkehr. Und der größenwahnsinnige Bau dieses überflüssigen Tiefbahnhofs, macht das alles auch nicht besser.

»Guten Morgen, Kollegen. Lassen Sie uns anfangen.«

Der Chef, wie Dr. Staudt jenseits seiner Anwesenheit von allen im Präsidium genannt wurde, legte wie üblich ein flottes Tempo an den Tag.

Sissy hatte bei solchen Gelegenheiten immer das gleiche Bild im Kopf: Einen Leichtathletik-Wettbewerb, 500 Meter Hürdenlauf, alle Sportler waren auf ihrer Position, und dann hob einer der Kampfrichter den Arm und feuerte den Startschuss in die Luft.

»Herr Diesner, heute dürfen Sie mal zuerst … erhellen Sie uns.«

Kai Diesner erschreckte sich ein bisschen durch die unerwartete, abrupte Ansprache, hatte sich aber rasch wieder im Griff.

»Ja, also ... die Sissy und der Eric, ich mein die Frau Ulmer und der Herr Jahn ...«

»Danke, Herr Diesner, wir alle hier im Raum wissen, von wem die Rede ist. So förmlich brauchen wir es an dieser Stelle nicht. Erzählen Sie einfach frisch von der Leber weg, was Sie herausgefunden haben.«

Die Stimme, des Präsidenten hatte einen, zwar leicht ungeduldigen, jedoch trotzdem väterlich-freundlichen Unterton.

»Okay, also ...«, Kai Diesner blickte in die Runde.

»Wie gesagt, die Sissy und der Eric haben mich angerufen, als sie im Belveder waren, weil sie dort, mithilfe der Personalakte unserer Toten, bzw. dem Lebenslauf von Sarah Urban, die Namen ihrer Eltern erfahren hatten. Solveig und Helmut Urban, wohnhaft in Hamburg.

Sie, Solveig unterrichtet an einer Hauswirtschaftsschule Ernährungslehre, der Vater Helmut Urban ist Beamter im gehobenen öffentlichen Dienst. Er arbeitet im Hamburger Rathaus. Ich habe versucht, die beiden telefonisch zu erreichen, aber laut Ansage auf dem Anrufbeantworter sind sie im Urlaub, und zwar bis zum 29. November, also in zwei Wochen ...«

Sabrina Schönleber seufzte laut.

»Gibt es tatsächlich immer noch Menschen, die nicht wissen, dass so eine Bandansage ein echtes Leckerli für jeden Einbrecher ist? Haben sie vielleicht auch noch mitgeteilt, wo sie urlauben, während man ihnen in aller Seelenruhe die Bude ausräumt?«

»In Thailand«, war die knappe Antwort.

Jetzt war es Eric, der seufzte.

»Oh je, dann wird es sicher schwierig werden, sie zu erreichen ...«

Kai Diesner grinste schief.

»Schon passiert.«

Dr. Staudt hob anerkennend eine Augenbraue.

»Wie haben sie denn das geschafft?«

»Google machts möglich. Ich habe herausgefunden, wer die anderen Hausbewohner sind, und diese abtelefoniert. Schließlich bin ich bei einer Nachbarin gelandet, die die Blumen gießt, solange die Urbans verreist sind. Sie konnte mir den genauen Ort sowie den Namen des Hotels nennen. Et voilà, ich habe dort angerufen, und die Herrschaften erreicht. Sie nehmen den nächstmöglichen Flieger nach Frankfurt.«

»Und wie haben sie reagiert?«, stellte Sissy die Frage, die auch alle anderen am Tisch beschäftigte.

Die Begeisterung über den Erfolg verschwand aus Kai Diesners Gesicht, und machte einem betroffenen Ausdruck Platz.

»Ich hatte zuerst die Mutter am Telefon. Ich habe versucht, es ihr so schonend wie möglich beizubringen.«

Er wirkte betreten, als er weiter sprach.

»Ich glaube, sie ist zusammengebrochen. Ihr Mann hat dann den Hörer übernommen. Er war ebenfalls sehr geschockt, hat aber gleich gesagt, dass er so schnell wie möglich mit seiner Frau nach Stuttgart kommt.

Ich hatte ihm meine Nummer gegeben und er hat mich vorhin informiert, dass seine Frau und er morgen früh gegen sieben in Frankfurt landen und dann um acht Uhr dreißig nach Stuttgart weiterfliegen. Die Maschine kommt um zwanzig nach neun in Echterdingen an.«

»Gute Arbeit, Herr Diesner. Es war sicher nicht leicht für Sie, diese traurige Nachricht zu übermitteln. Möchten Sie die Urbans vom Flughafen abholen, oder soll das jemand anderer übernehmen?«, lobte und fragte Dr. Staudt.

»Ich mach das«, war die prompte Antwort. »Mich kennen die beiden jetzt ja schon, wenn auch nur vom Telefon. Ich glaube, das macht es ihnen eventuell ein kleines bisschen leichter, wenn man davon überhaupt sprechen kann, angesichts dessen, was da mit ihrer Tochter passiert ist.«

Allgemeines, zustimmendes Gemurmel, und Sissy dachte, wie schon so oft zuvor, was für ein toller Kerl dieser junge Polizeianwärter doch war.

»Gut. Dann hätten wir das geklärt. Danke, Herr Diesner.« Dr. Staudt wandte sich an die Kollegen von der Spurensicherung. Eigentlich hätte er jetzt den Pathologen angesprochen, aber Dr. Hämmerle obduzierte noch, und wollte später dazustoßen.

»Was hat die Untersuchung am Tatort ergeben, Herrschaften?«

Wolfgang Faul ergriff das Wort.

»Offen gestanden nicht sehr viel.«

Und mit einem bedauernden Gesichtsausdruck fügte er

hinzu: »Leider.«

Stirnrunzeln bei Dr. Staudt.

»Was genau heißt das?«

»Das heißt, dass wir weder die Tatwaffe, noch sonst irgendetwas Außergewöhnliches gefunden haben. Es hatte in der Nacht kurz geregnet, was bedeutet, dass man im Gras, rund um die Leiche relativ gut Fußabdrücke erkennen konnte. Aber nachdem wir alle, nicht relevanten, also die der Kollegen, des Notarztes und des Opfers, identifiziert und ausgeschlossen hatten, waren nur noch die der Villenbewohner übrig geblieben.«

Der Chef der Spurensicherung brach ab und blickte in die Runde, die ihm aufmerksam zugehört hatte.

»Das würde ja bedeuten, dass entweder der Mey oder seine Frau Täter oder Täterin sind. Oder ... dass sie es gemeinsam getan haben.«

Eric Jahn hatte laut ausgesprochen, was viele im Raum dachten.

Jetzt schlug die Stunde des alten Spürhundes, wie Wolfgang Faul sich selbst gern und oft nannte. Einer der vielen Gründe, warum Sissy ihn nicht allzu sehr schätzte. Sie fand, er nahm sich zu wichtig, und manchmal hatte sie den Eindruck, er würde eine Mordermittlung mit einer Schnitzeljagd verwechseln.

»Jajaaa ...«, dehnte er die nicht ehrlich gemeinte Zustimmung in die Länge, offensichtlich, um die Spannung zu erhöhen, »... dieser Gedanke liegt natürlich auf der Hand, und erscheint auf den ersten Blick, die einzig logische Erklärung zu sein, Kollege Jahn ...«

Spucks endlich aus, du elender Wichtigtuer. Sissy rollte nicht nur innerlich mit den Augen, was allerdings niemand bemerkte.

Faul war jetzt ganz in seinem Element und hatte es geschafft, dass ihm allseits eine gespannte Aufmerksamkeit zuteil wurde.

»Es ist so ...«

Sissy explodierte fast. Wenn er nicht sofort sagt, was Sache ist, werde ich gleich Gegenstand einer Mordermittlung, dachte sie grimmig.

Faul, der davon nichts ahnte, fuhr unbeirrt bedeutungsschwanger fort.

»Die Leiche lag sehr dicht an der niedrigen Natursteinmauer, die den Terrassenbereich vom Rasen trennt. Und dieser, nur leicht erhöhte Terrassenbereich ist ausgelegt mit geschliffenen Ziegelfliesen.«

Faul pausierte und Sissy kochte innerlich weiter.

»Kollege Faul, spannen sie uns bitte nicht auf die Folter. Kommen sie zum Punkt.«

Also auch wenn mich sein Fräulein-Geschwafel manchmal nervt, er ist halt einfach ein toller Chef, dachte Sissy zufrieden, als Dr. Staudt kurz und knackig die Faulsche Krimistunde abkürzte.

»Äh ja, gut. Also ...«

Jetzt klang der Spurensicherer eher wie der Baden-Württembergische Ministerpräsident und nicht mehr wie die Märchentante von nebenan, die versuchte, eine spannende Gute-Nacht-Geschichte zu erzählen.

»Es ist so, dass es durchaus möglich gewesen wäre, die

junge Frau von der Terrasse aus zu erschlagen. Wenn das Opfer unterhalb im Gras gestanden hat, und der Täter auf der Terrasse, wäre auch die Schlagwirkung eine sehr viel größere gewesen. Und genau an dieser Stelle macht uns der gefallene Regen, so vorteilhaft er auch vorher gewesen sein mag, einen Strich durch die Rechnung.«

Sissy wusste, dass Faul an dieser Stelle wieder liebend gern eine seiner legendären, von niemandem geschätzten Pausen eingelegt hätte, aber ein warnender Blick ihres Vorgesetzten verhinderte dies.

»Denn«, fuhr Faul hastig fort, »eventuell vorhandene Fußabdrücke waren auf dem glatten Boden durch den, wenn auch nur sehr kurzen Regenschauer, nicht mehr zu erkennen.«

»Ja aber der Täter muss doch irgendwie auf die Terrasse gelangt sein, beziehungsweise auch wieder von ihr weg«, warf Edeltraut Schwämmle ein.

»Das ist ganz leicht möglich«, erklärte ihr Eric. »Die Villa ist ja in den Berg gebaut, und es gibt dadurch mehrere Möglichkeiten, ins Haus oder in den Garten zu gelangen. Eine davon ist, von der Terrasse aus, über einen, ebenfalls mit dem besagten Ziegelstein gepflasterter Weg. Der führt nach oben, vom Garten und Haus weg, Richtung der Straße, die an der Villa vorbei geht.«

»Oh je, das klingt irgendwie schwierig«, entfuhr es Erwin Schober, der normalerweise eher durch akribische, fundierte Ermittlungsarbeit, und selten durch Bemerkungen wie diese auffiel.

»Ja ha, 's isch wie 's isch«, war die lakonische Erwiderung

Wolfgang Fauls.

»Gut, oder auch nicht gut ... soweit ... Was haben sie im Gartenhaus und in der Villa gefunden?«, wollte Dr. Staudt wissen.

»Auch nicht sehr viel Verwertbares. Die Villa war, wie zu erwarten, auf Hochglanz poliert, und das Gartenhaus war ebenfalls penibelst sauber und aufgeräumt. Ich habe allerdings die Matratze des Bettes der Toten noch in der Analyse. Das dauert ...«

»Wenigstens wisst ihr jetzt, wonach ihr suchen müsst«, kam es von Edeltraut Schwämmle.

Sie war gerade dabei gewesen, den einbestellten Giesbert Mey zu befragen, als sie aus dem Verhörraum gerufen worden war. Genau wie ihr Partner Erwin Schober, der gleichzeitig Johanna Mey im Nebenzimmer in der Mangel hatte.

Kai Diesner, hatte beide darüber informiert, was Sissy und Eric im Hotel erfahren hatten.

»Bitte, Frau Schwämmle, klären sie uns auf.«

»Alissa und Eric haben im Belveder herausgefunden, dass die Tote ein Verhältnis mit Giesbert Mey gehabt hat. Erwin und ich waren ja gerade mitten in der Befragung, als wir das erfuhren. Wir haben die Beiden daraufhin sofort damit konfrontiert.«

»Lass mich raten ... der Mistkerl hat alles abgestritten!« Peng! Das gebrannte Kind Sabrina Schönleber hatte gesprochen.

»Nein, erstaunlicherweise nicht«, war die Antwort.

»Er hat auf eine ziemlich arrogante Art erklärt, dass so

etwas ja heutzutage gang und gäbe wäre, dass junge Damen sich zu gut situierten, erfolgreichen Männern, die kraftvoll mitten im Leben stehen, hingezogen fühlten.«

»Mir wird schlecht!« Sabrina Schönleber war deutlich anzusehen, dass sie kurz davor war, die Beherrschung zu verlieren.

Die Arme, dachte Sissy. Jetzt ist das schon so lange her, was da in Mannheim passiert ist, aber es macht ihr immer noch ganz ordentlich zu schaffen.

»Das waren seine Worte.«

Und bedauernd fügte sie hinzu: »Sorry, Sabrina.«

»Wusste seine Frau von der Affäre?«, fragte Eric dazwischen.

»Er hat behauptet: nein.«

Erwin Schober ergriff nun das Wort.

»Sie hat mir gegenüber ebenfalls abgestritten, etwas davon gewusst zu haben. Sie hat, als ich sie darauf angesprochen habe, sogar gesagt, das würde sie für eine unverschämte Lüge halten. Ich habe daraufhin kurz unterbrochen, um mich mit Edeltraut auszutauschen. Als ich danach Johanna Mey damit konfrontierte, dass ihr Mann die Affäre zugegeben hat, hat sie nur noch mit dem Kopf geschüttelt und gesagt, sie würde das nicht glauben.«

Eric fragte: »Und was denkt ihr?«

Das angesprochene, »wilde Paar«, tauschte einen kurzen Blick aus.

»Wir sind uns sicher, dass sie lügt.«

Kurz war es still und dann war es Sissy,

die nachhakte: »Wie kommt ihr darauf?«

Erwin Schober schaute seine Partnerin an, während er antwortete.

»Wir haben uns, wie immer nach den Befragungen, getrennt voneinander die Video-Aufzeichnungen des jeweils anderen angesehen. Edeltraut hat dann bei der anschließenden, gemeinsamen Analyse das gesagt, was auch mir, während ich die Mey verhört habe, aufgefallen ist.«

»Und das wäre ...?«, meldete sich nun Dr. Staudt wieder einmal zu Wort.

Edeltraut Schwämmle übernahm.

»Nun ja, die Mey ist wütend geworden und laut, und hat alle möglichen Empfindungen gezeigt, als der Erwin ihr das vom Betrug ihres Mannes gesagt hat. Aber eine Reaktion hat komplett gefehlt und das ist sowohl dem Erwin als auch mir, unabhängig voneinander, aufgefallen.«

Alle schauten sie gespannt an.

»Überraschung. Sie wirkte nicht im geringsten überrascht.«

Diese Information wollte verdaut werden und es herrschte für ein paar Sekunden völlige Stille im Chatroom.

»Na das ist doch schon mal etwas«, kam es von Dr. Staudt. »Da haben wir dann sowohl eine Verdächtige als auch ein Motiv.«

»Ja und ihr Mann hat auch eins«, mischte sich Wolfgang Faul ein.

Oh je ... der Herr Schlauschlau ... Was hat dich denn jetzt wieder für ein zweifelhafter Geistesblitz getroffen, ging es Sissy, die nichts Gutes ahnte, durch den Kopf.

Faul sprach leider weiter.

»Naja, ich meine, man kennt das doch ... wahrscheinlich wurde die junge Lady irgendwann besitzergreifend, und hat den Mey unter Druck gesetzt. Von wegen lass dich von deiner Frau scheiden und so ... vielleicht hat sie ihn sogar erpresst!?«

Sabrina Schönleber sah aus, als wäre sie drauf und dran, ihrem Abteilungsleiter den Hals umzudrehen, und Sissy fügte in Gedanken, ihrer imaginären Minuspunkte-Liste bezüglich Wolfgang Faul, noch Taktlosigkeit hinzu.

In Richtung Sabrina, deren Blick sie eingefangen hatte, machte sie die bekannte rein-raus-Geste, von einem Ohr zum anderen, und zwinkerte ihr beschwichtigend zu.

Es half. Sabrina Schönleber begnügte sich mit Augenrollen und Kopfschütteln.

»Im Prinzip schon«, erklärte Erwin Schober. »Das Problem ist, beide haben ein relativ Wasserdichtes Alibi.«

Kai Diesner nickte, als Schober, nun an ihn gewandt, weitersprach.

»Die Befragung der Meys hat ergeben, dass sie zu dem, von Dr. Hämmerle angegeben Tatzeitpunkt, in der Nacht von Samstag auf Sonntag, gegen ein Uhr, gar nicht in Stuttgart waren. Kai hat die Alibis überprüft. Sie scheinen zu stimmen.«

»Wo sind sie denn gewesen?«, wollte Dr. Staudt wissen.

Der angesprochene Kai Diesner übernahm.

»Johanna Mey war das Wochenende über auf einer Modemesse in München und ihr Mann auf einem Golfturnier in der Nähe. Deshalb sind sie zusammen gefahren.

Er hat sie am Freitag in einem Hotel in der Münchner Innenstadt abgeliefert und ist dann weitergefahren nach Eschenried. Das liegt nordwestlich von München und ist in nur zehn Autominuten von der City aus zu erreichen. Trotzdem hatte er dort ein Zimmer gebucht, und hat nicht, wie man eigentlich denken sollte, gemeinsam mit seiner Frau in deren Hotel übernachtet.«

»Das lässt ja tief blicken, was den Zustand der Ehe betrifft«, kam es von Dr. Staudt, der bei der Erwähnung des Golfturniers, für einen kurzen Moment, glänzende Augen bekommen hatte.

»Ja, das finde ich auch«, kommentierte Erwin Schober. »Ich habe die Mey auf dieses außergewöhnliche Arrangement angesprochen. Sie faselte daraufhin etwas von wegen die Messe wäre immer so stressig, da bräuchte sie zwischendurch viel Ruhe, und ein eigenes Zimmer als Rückzugsort. Aber sehr glaubwürdig wirkte das nicht.«

Kai Diesner nickte.

»Das passt zu dem, was ich noch herausgefunden habe. Als ich in ihrem Hotel angerufen hab, um das Alibi zu überprüfen, habe ich mich auch danach erkundigt, wann und wo sie vom Personal gesehen worden ist. München ist ja nicht so wahnsinnig weit weg von Stuttgart. Theoretisch hätte sie in der Nacht von Samstag auf Sonntag, mit einem Mietwagen oder dem Zug zurückkommen können, um die Tat zu begehen.«

»Naja, mit dem Zug eher nicht ... da wäre sie jetzt noch unterwegs«, kommentierte Eric Jahn trocken dazwischen. Alle im Raum lachten.

Kai Diesner fuhr, immer noch grinsend, fort: »Sie ist aber gesehen worden. Johanna Mey ist seit Jahren Stammgast in dem Hotel, so dass fast alle vom Personal sie kennen. Sie war nach dem Abendessen, bis zwei Uhr morgens an der Hotelbar und hat, zusammen mit anderen Modeleuten, gefeiert.«

»Soviel zum Thema Ruhe und Rückzugsort«, war der vor Ironie triefende Kommentar von Sabrina Schönleber.

Kai Diesners Antwort kam erneut prompt.

»Genau. Aber die Dame ist hart im Nehmen. Am Sonntag morgen ist sie bereits um sechs Uhr dreißig wieder im Frühstücksraum gesehen worden. Das heißt, um in dieser kurzen Zeit nach Stuttgart zu kommen, Sarah Urban zu erschlagen, und danach um halb sieben in München ein Ei zu köpfen, hätte sie schon einen Hubschrauber nehmen müssen.«

»Gut, Herr Diesner. Überprüfen sie das mit dem Helikopter.«

Der Angesprochene schaute, wie alle anderen im Zimmer, ungläubig in Richtung des Chefs, der kurz darauf schmunzelnd hinzufügte: »Das war ein Scherz!«

Kai Diesner atmete erleichtert auf und fuhr fort.

»Dann komme ich jetzt zu Giesbert Mey. Auch er ist bis spät nachts an der Bar des Golfclubs versumpft, und am nächsten Morgen ganz früh wieder gesehen worden. Beziehungsweise man hat ihn erst gehört und dann gesehen ...«

»Wie meinst Du das?«, wollte Sissy jetzt wissen.

»Hm, tja, nun ...«, druckste er herum. »Ein Golfer Freund

von Mey hat mir am Telefon gesagt, er hätte das Zimmer neben ihm bewohnt. Der Freund ist um ein Uhr schlafen gegangen, wurde aber zirka zwei Stunden später jäh durch, wie er es formulierte, eindeutige Geräusche geweckt. Das Stelldichein zog sich über drei Stunden hin, und solange lag er wach auf seinem Bett. Er sagte, er hätte seinem Kumpel Bert nicht die Stimmung versauen wollen.«

Der Vulkan Sabrina Schönleber stand schon wieder kurz vor dem Ausbruch.

Kai Diesner sprach weiter.

»Gegen sechs Uhr morgens war dann endlich Ruhe und Meys Freund ging auf den Balkon, um eine Zigarette zu rauchen.«

Obwohl er gar nicht derjenige war, der die halbe Nacht herum gevögelt hat, dachte Sissy. Und ihr fiel ein Spruch ein, den sie kürzlich auf einer Postkarte gesehen hatte: Guter Sex ist ..., wenn auch die Nachbarn danach eine rauchen.

»Die Zimmer der beiden lagen, wie gesagt, nebeneinander und kaum hatte er seine Zigarette angezündet, war Giesbert Mey im Bademantel auf den Nachbarbalkon getreten. Die Schilderung deckt sich übrigens mit der Aussage des Barkeepers. Mey hatte wohl, zusammen mit einer sehr attraktiven und sehr betrunkenen jungen Dame gegen drei Uhr, und nach einer, wie der Hotelangestellte es formulierte, wilden Fummel- und Knutsch-Orgie, schwankend, die Bar in Richtung der Aufzüge verlassen.«

Was für ein Arschloch, dachte Sissy nicht zum ersten Mal

in dieser Ermittlung. Poppt der eigentlich alles, was nicht bei drei auf dem Baum ist? Irgendwie ist ja wohl in dieser Geschichte die falsche Person umgebracht worden.

Und sie wusste, das zumindest ihre Kollegin Sabrina Schönleber den selben Gedanken hatte.

Aber nicht nur sie.

Eric räusperte sich kurz und sagte dann in einem harschen Ton, der seine Abneigung deutlich verriet: »Wieso, um alles in der Welt lässt sich eine Frau so etwas auf Dauer oder überhaupt gefallen? Der Typ ist offenbar ein notorischer Fremdgänger. Außerdem behandelt er seine Frau auch darüber hinaus grottenschlecht.Warum hat sie ihn nicht längst zum Teufel gejagt ...? Und davon mal abgesehen, wenn er so gern wild in der Gegend herum poppt – Entschuldigung – warum ist er dann überhaupt verheiratet?«

Sissy konnte mit Befriedigung, den von Eric nicht ausgesprochenen Zusatz »Das blöde Arschloch« im Geiste laut und deutlich hören.

»Den ersten Teil deiner Frage kann ich dir beim besten Willen nicht beantworten.«

Kai Diesner blieb sachlich und verkniff sich einen überflüssigen Kommentar von der Art »Versteh einer die Frauen«, wie er an dieser Stelle sicher von Wolfgang Faul gekommen wäre.

»Den zweiten schon.«

Eric war kurz verwirrt.

»Wie meinst Du das?«

»Ich meine, ich kann dir nicht sagen, oder erklären, warum sie bei ihm geblieben ist. Aber ich kann dir, glaube ich, sehr gut erklären, warum *er* sich nicht von *ihr* getrennt hat.«

Jetzt war es Kai Diesner, der ungewollt Spannung erzeugt hatte.

Aber im Gegensatz zum alten Spürhund Wolfgang Faul genoss er es nicht, sondern fuhr schnell fort.

»Sie hatte das Geld. Ich habe die Vermögensverhältnisse der Meys überprüft. Das Grundstück, das Haus, alle Konten, ja sogar die Autos – alles war auf sie eingetragen. Sogar die Kosten für die Mitgliedschaften ihres Mannes in mehreren Golfclubs liefen über eines ihrer acht Konten, bei diversen Europäischen Banken.«

Schweiz, Liechtenstein, Luxemburg, zählte Sissy in Gedanken auf.

»Leider bringt uns diese Information nicht sonderlich viel weiter, da – wie gesagt – die Alibis der beiden Meys relativ Wasserdicht sind«, schloss er leicht enttäuscht seine Ausführungen.

»Nanana, Herr Diesner!«, munterte ihn Dr. Staudt unmittelbar auf. »Sie haben wirklich gute Arbeit geleistet! Es ist durchaus von großer Wichtigkeit und Relevanz, zu wissen, wer als Täter ausgeschlossen werden kann. Ganz besonders dann, wenn die Verdächtigen so überbordend gute Motive haben, die Tat zu begehen. Also stellen Sie bitte ihr Licht nicht unter den Scheffel, junger Mann.«

Kai Diesner freute sich gerade noch verlegen über das Lob, da betrat Dr. Hämmerle den Raum.

Während er seinen Platz ansteuerte, murmelte er ein leises »Morgen allerseits.«

Was für eine dicke Laus ist denn unserem Herbi über die Leber gelaufen, dachte Sissy. Sie nannte Hämmerle seit der Begegnung mit dem Notarzt in Gedanken immer noch so und sie wusste, dass es nur eine Frage der Zeit war, bis es ihr auch einmal laut herausrutschen würde.

Die Miene des Pathologen war sehr ernst, und als er sich setzte, seufzte er laut.

Dr. Staudt ging wie immer sofort in medias res.

»Guten Morgen, Herr Kollege. Irgendwelche neuen Erkenntnisse?«

Der Gerichtsmediziner sammelte sich kurz und blickte in die Runde.

Plötzlich wurde Sissy klar, was das für ein Ausdruck war, der da auf seinem Gesicht lag. Es war Trauer.

»Ich mach es kurz. Sarah Urban war schwanger.«

Die darauffolgende Stille war ohrenbetäubend.

Kurze Zeit später zeigten sich die unterschiedlichsten Verhaltensweisen im Raum, die sich allerdings teilweise glichen. Einige lehnten sich zurück und atmeten laut aus, bei anderen standen sowohl der Mund, als auch die Augen offen. Nur eine Person reagierte völlig anders, als die übrigen Kollegen.

Es war Sabrina Schönleber.

Sie sprang auf. Ihr Stuhl knallte nach hinten auf den Boden, und sie rannte aus dem Zimmer. Die Tür fiel so laut ins Schloss, dass selbst Dr. Staudt erschrocken zusammenfuhr.

»Was ... war denn ... was ist ...?«

Sissy stand auf.

»Ich kümmere mich um sie.«

Sie wusste mehr als alle anderen im Raum. Und sie war die einzige, die die heftige Reaktion ihrer Kollegin verstehen konnte.

»Ist gut, Frau Ulmer. Tun Sie das.« Dr. Staudt war so irritiert, dass er sogar vergaß, Sissy wie üblich »Fräulein Ulmer« zu nennen.

WUT UND TROST

Während Sissy den Flur entlang ging, dachte sie an das Gespräch, das sie vor drei Jahren, nach der Weihnachtsfeier des Präsidiums, mit Sabrina Schönleber geführt hatte.

Die Party war gegen Mitternacht zu Ende gegangen und einige Kollegen waren noch weiter gezogen ins überschaubare, aber entgegen anders lautender Gerüchte, durchaus vorhandene Stuttgarter Nachtleben.

Sie und Sabrina waren am Ende, gegen halb drei Uhr morgens, übrig geblieben. Sissy wollte damals von ihrer Kollegin wissen, warum sie sich von Mannheim nach Stuttgart hatte versetzen lassen. Über die Miene von Sabrina waren daraufhin schlagartig finstere Wolken gewandert, und Sissy hatte ihre Frage, kaum dass sie ausgesprochen war, auch schon wieder bereut.

»Entschuldige, ich ... wenn du nicht darüber reden willst ...«

»Nein, nein. Schon okay!«, hatte Sabrina beschwichtigt.

Und dann hatte sie Sissy alles erzählt.

Die ganze, traurige Geschichte.

Sie handelte von einer jungen, attraktiven Frau, frisch von der Polizeischule, die sie mit Bestnoten beendet hatte. Sie war voller Pläne für eine grandiose Zukunft gewesen.

Sie war wissbegierig und talentiert, ehrgeizig und fröhlich und an einen Dienststellenleiter geraten, der ebenfalls sehr talentiert und attraktiv, sowie fünfzehn Jahre älter und darüber hinaus sehr verheiratet war.

»Du denkst jetzt sicher, wie kann man so naiv sein ...«, hatte Sabrina damals unter Tränen zu Sissy gesagt.

»Aber ich habe ihn wirklich geliebt, und ich hatte das Gefühl, dass er dasselbe für mich empfindet. Ich dachte, wir wären eine Ausnahme vom üblichen Klischee. Und als ich ihm gesagt habe, dass ich schwanger bin ... er hat sich gefreut, wie ein kleiner Junge.«

Die anfängliche, vielleicht auch nur gespielte Freude, hatte sich allerdings bei Sabrinas Vorgesetzten relativ schnell wieder gelegt. Er fing an sie zu meiden, zu schneiden, und streute letztendlich sogar böse Gerüchte über sie. Kurz gesagt, er hatte eine exzessive Mobbingkampagne gegen sie gestartet, die bald darauf eine schreckliche Wirkung zeigte. Sabrina hatte im dritten Monat ihr Kind verloren.

In den Wochen danach, in denen sie krankgeschrieben zuhause gewesen war, und fast den Boden unter den Füßen verloren hätte, hatte sie irgendwann den Entschluss gefasst, sich nach Stuttgart versetzen zu lassen.

Sissy hatte damals nicht sehr viel gesagt.

Sie hatte schweigend, und mit zunehmender Bestürzung, am Leid ihrer Kollegin teilgenommen, ihr einfach nur zugehört, und am Ende mit ihr geweint.

Sie hatte sie in den Arm genommen, nochmal zwei starke Drinks bestellt, und es später sogar geschafft, Sabrina zum lachen zu bringen.

Gegen fünf Uhr morgens waren beide kichernd zum Taxistand gewankt und in getrennte Richtungen nach hause gefahren.

Sie hatten nie wieder über dieses Ereignis gesprochen und Sabrina hatte Sissy nie gebeten, das Besprochene für sich zu behalten. Aber seit diesem Abend war es, als gäbe es zwischen ihnen ein starkes, unsichtbares Band.

Sissy war inzwischen im Treppenhaus angekommen. Sie konnte Sabrina nicht finden. Sie war weder in ihrem Büro, noch auf der Damentoilette. Wo bist Du, Brini? Sissy lief die drei Etagen nach unten, verließ das Präsidium, und blieb vor dem Haupteingang stehen.

Sie schaute sich um, aber auch hier konnte sie ihre Kollegin nirgends entdecken. Sie umrundete das Gebäude nach links, Richtung Hang, und da sah sie Sabrina. Sie stand mit dem Rücken an die Wand gelehnt. Ihr Gesicht war ausdruckslos, und als Sissy näher kam, blickte sie in unglaublich leere, müde Augen.

Sabrina Schönleber hatte eine Zigarette in der Hand.

Sissy lehnte sich wortlos neben sie, das Gesicht zur eben kurz zwischen zwei Wolkenlöchern aufgetauchten Sonne in Richtung Weinberge gewandt.

»Du rauchst doch gar nicht.«, sagte sie nach einigen Momenten des Schweigens.

»Nur im Notfall.«, war die Antwort.

»Krieg ich auch eine? Meine sind oben, eingesperrt in der Schreibtisch-Schublade.«

Wortlos holte Sabrina die Schachtel samt Feuerzeug aus

ihrer Jackentasche und reichte sie Sissy, ohne sie dabei anzusehen.

Sie standen eine Weile nebeneinander, rauchten, und sagten beide kein Wort.

Als Sabrina ihre Zigarette auf den Boden warf, und sie austrat, holte sie tief Luft. Dann drehte sie den Kopf zu Sissy und schaute sie an.

»Ich verstehe es nicht. Wie kann man nur so sein? Erklär's mir bitte!«

»Ich wünschte, das könnte ich, Brini. Aber ich verstehe solche Männer genauso wenig wie du.«

»Was die anderen jetzt wohl denken ... hat der Chef was gesagt?«

»Nein. Mach dir darüber keine Gedanken. Ich werde mit ihm reden. Mir fällt schon was ein.«

Sabrina stieß sich von der Mauer ab, absolvierte eine halbe Drehung, und trat plötzlich voller Wut dagegen.

»Diese egoistischen, schwanzgesteuerten Schweine! Mir kommt im Leben kein Dreibeiner mehr ins Haus. Das schwöre ich! Verfluchtes Männergesindel. Einer schlimmer, als der andere!«

Sissy hatte sich während der immer lauter werdenden Schimpf-Tirade ihrer Kollegin ebenfalls von der Mauer abgestoßen und zur Wand gedreht.

»Genau. Elendes Rattenpack! In der Hölle sollen sie schmoren, allesamt! Die gehören alle mit dem Kopf nach unten aufgehängt. Und zwar an ihren dicken, fetten Eiern!«

Auch sie war immer lauter geworden, und trat bei jedem

Satz gegen die Wand.

Sabrina Schönleber, die offensichtlich nicht mit dieser Reaktion gerechnet hatte, schaute Sissy mit großen Augen an. Dann fing sie an zu lachen. Zuerst war es ein stotterndes Prusten, aber nach wenigen Sekunden verfiel sie in schallendes Gelächter. Und Sissy stimmte mit ein.

Nach dem beide langsam wieder Luft bekamen, schaute Sabrina Sissy an.

»Danke. Du bist ein Schatz!« Sie nahm ihre Kollegin in den Arm. »Wollen wir mal wieder was zusammen trinken gehen?«

»Ja klar!« Sissy lächelte sie an. »Das machen wir. Und jetzt lass uns wieder reingehen.«

Während sie das Gebäude betraten, sagte Sabrina zu Sissy: »Danke für das Angebot. Aber ich klär das mit dem Chef selber.«

»Okay. Wir sehen uns später.«

Sie zwinkerten sich zum Abschied zu, gingen zurück zur Tagesordnung und in unterschiedliche Richtungen davon.

Da Sissy vermutete, dass die Besprechung zu Ende sei, steuerte sie das Büro an, das sie sich mit Eric teilte. Er saß an seinem Schreibtisch und telefonierte, als sie es betrat. Sie setzte sich leise auf ihren Platz, schaute aus dem Fenster, und wartete darauf, dass er das Gespräch beendet.

Als er aufgelegt hatte, sagte sie, den Blick immer noch auf den Novemberhimmel gerichtet: »Nur damit eines klar ist. Ich will diesen Vollidioten nicht mehr sehen.«

Sie hatte den letzten Sätzen des Telefonats entnommen, dass Eric, Giesbert Mey ein weiteres Mal zum Verhör einbestellt hatte. Und was sie dem Gespräch ebenfalls hatte entnehmen können, war, dass sich die Begeisterung des Hotelmanagers über die erneute Vorladung in Grenzen hielt.

»Schon gut. Ich rede mit ihm. Aber du tust dir echt keinen Gefallen, wenn du solche Dinge immer persönlich nimmst und so nah an dich heran lässt ...«

»Ich weiß, Papa.«

»Dann ist es ja gut, Kind.«

Sie lächelten sich an, dann wurde Eric wieder ernst.

»Was ist mit Sabrina? Alles wieder im Lot?«

Dafür liebe ich dich, dachte Sissy.

»Ja, geht schon.«

»Gut. Dann machen wir jetzt Arbeitsteilung.«

Sissy schwante nichts Gutes. Eric fuhr fort.

»Ist ja dann auch ausgeglichen und fair ...«

Ihr Unbehagen wuchs.

»Du willst nicht mehr mit dem Mey sprechen, und ich will es vermeiden, unserem Neckar-Sherlock Holmes die Nase zu brechen. Also ...«

Scheiße, dachte Sissy. Aber sie hatte gewusst, dass es so kommen würde.

RÜCKFALL

Auf dem Weg zu Heiko Eitlers Büro, versuchte Sissy sich Mut zu zusprechen: Komm schon. Du bist Profi. Das kriegst du hin.

Sie musste lächeln, bei dem Gedanken an die skurrile Vorzimmerdame des Detektivs, die sie mit ihrem unnachahmlichen Akzent »dirräkt zum Schäff durrchgäställt« hatte. Dann verschwand das Lächeln jedoch abrupt wieder aus ihrem Gesicht.

Eitler hatte ins Telefon geschnurrt, wie ein liebestoller Kater und Sissy hatte ihre ganze Selbstbeherrschung aufbringen müssen, um nicht ausfallend zu werden.

Was dieses Unterfangen nicht gerade einfacher gemacht hatte, war die Tatsache, dass Eric, ihr gegenüber sitzend, das Telefonat mit wilden Faxen und Grimassen begleitet hatte.

Als sie aufgelegt hatte, hatte sie ihren Kollegen dafür mit allem beworfen, was ihr in die Finger gekommen war.

Aber es half alles nichts.

Dr. Staudt hatte am Ende der Besprechung, in Sissys Abwesenheit nachgehakt, ob es schon Erkenntnisse darüber gäbe, warum Heiko Eitler am Tatort gesehen worden war. Eric hatte geantwortet: »Wir sind dran.«

Sie mussten also so schnell wie möglich eine Antwort

präsentieren.

Es war schon lange dunkel, als Sissy durch die Tübinger Straße ging.

Die Geschäfte waren noch geöffnet, aber die Innenstadt wechselte allmählich ihr Kleid vom shopping dress zum kleinen Schwarzen. Die Einkaufstütenträger machten langsam aber sicher den Kinobesuchern und Feierfreudigen Platz. Es war fast halb acht.

Heiko Eitler hatte behauptet noch »busy« zu sein bis neunzehn Uhr dreißig, und da Sissy ja etwas von ihm wollte, hatte sie eingewilligt, ihn danach in seinem Büro aufzusuchen.

Wohl war ihr dabei nicht und es wurde auch nicht besser, als nicht die grelle Sekretärin, sondern der Detektiv persönlich aus der Gegensprechanlage zu hören war.

»Guten Abend, Alissa. Schön, dass du da bist. Komm rauf. Du kennst ja den Weg.«

Scheiße in Eimern. Was hab ich nur angestellt, dass ich so hart bestraft werde?

An der Bürotür klingelte sie erneut, woraufhin unmittelbar der Summer ertönte. Sissy ging durch den schummrigen Vorraum, der einzig von einer kleinen Schreibtischlampe auf Maschas Wirkungsbereich halbwegs erhellt wurde.

Die Tür zur »Kommandozentrale« stand halb offen.

Sissy trat ein, und stellte fest, dass die Beleuchtung hier sich nur unwesentlich von der im Vorzimmer unterschied.

Sissys Blick ging zur Wand, neben der Tür.

Tatsächlich. Der Kerl hat einen Dimmer eingebaut.

Ohne Worte.

Der Detektiv hatte vor seinem Laptop gesessen, als sie den Raum betrat, war bei ihrem Anblick jedoch sofort aufgesprungen und mit weit ausgebreiteten Armen auf sie zugekommen.

»Hallo. Schön, dich zu sehen!«

Sissy wurde steif und wich der versuchten Umarmung aus, in dem sie sich, so gut es ging, zur Seite drehte.

»Hallo, Heiko. Wie du weißt, bin ich dienstlich hier, also lass uns zur Sache kommen.«

»Hello, the forest fairy!«, war die Antwort.

Das joviale Lächeln schien auf dem Adlergesicht festgewachsen zu sein.

»Wie bitte?«, fragte Sissy, einigermaßen verwirrt.

»Holla, die Waldfee!«, übersetzte Eitler die falsche Spruchverenglischung. »Du fackelst ja nicht lange. Aber da du direkt aus dem Präsidium kommst, hast du sicher Hunger. Ich übrigens auch. Also lass uns eine Kleinigkeit essen. Mit leerem Magen ist arbeiten und denken schwierig. Findest du nicht?«

Erst jetzt bemerkte Sissy, dass auf dem niedrigen Tisch, inmitten der Designer Sitzgruppe rechter Hand, etliche Schalen und Teller aufgebaut waren, deren Inhalt nicht nur köstlich aussah, sondern auch einen unwiderstehlich leckeren Duft verströmte.

Das anfängliche Kribbeln im Magen wurde unmittelbar von einem lauten Knurren abgelöst, das von heftigem Speichelfluss in ihrem Mundraum begleitet wurde.

Verdammt, ich hab echt Hunger! Wann hab ich eigentlich das letzte Mal etwas gegessen heute?

»Wann hast du das letzte Mal etwas gegessen heute? Ich mein nur ... so laut wie dein Magen knurrt ...«

Gemeines, verräterisches Organ, dachte Sissy

Nach dem sie sich beide, wie gierige Wölfe, schweigend, über die diversen, asiatischen Köstlichkeiten hergemacht hatten, war es für einen Moment still in Heiko Eitlers Büro.

»Danke. Das hat wirklich gut getan.«

Bis jetzt war sie in der Lage gewesen, die zwei, bis zum unteren Drittel mit Rotwein gefüllten, Gläser zu ignorieren. Doch nun griff Heiko Eitler nach beiden, reichte ihr eines davon und prostete ihr zu.

Sissy, die nicht unhöflich sein wollte, nippte, verschluckte sich jedoch sofort, weil ihr plötzlich und sehr dicht am Ohr, eine tiefe Stimme zuflüsterte: »Na dann schieß mal los, Süße. Was willst Du wissen?«

Sie setzte hustend das Rotwein Glas ab und griff zum Wasser.

»Heiko, tu mir bitte einen Gefallen und nenn mich nicht Süße!«

Der Detektiv schaute sie amüsiert an und machte, mit gespielt schuldbewusster Miene, eine beschwichtigende Geste.

»Entschuldigen sie bitte vielmals, Frau Kriminalhauptkommissarin Ulmer. Wird nie wieder vorkommen.«

»Alissa reicht völlig. Und du weißt genau, warum ich hier bin und was ich wissen will. Warum warst du da?«

»Wo jetzt genau?«

Er grinste sie auf eine Weise an, die jeden Breitmaulfrosch hätte neidisch werden lassen.

Sissy musste ebenfalls lächeln, obwohl sie nicht wollte.

Sch... Empathie, sch... Spiegelung.

Spontan knuffte sie ihn in die Seite.

»Verdammt nochmal! Das hier ist kein Spiel. Eric macht ernst, was das Verfahren wegen Behinderung der Ermittlungen angeht. Und wenn ich morgen früh keine Ergebnisse präsentiere, hat Dr. Staudt das abgenickt, bevor du dir die Zähne geputzt hast. Also ...«

Heiko Eitler hatte sich theatralisch zusammengekrümmt.

»Aaaah, ich steh auf Schmerzen. Kannst du das nochmal machen?«

Sissy verlor langsam die Geduld. Sie machte Anstalten, aufzustehen, doch er hielt sie zurück.

»Okay, okay. Ist ja schon gut. Also ...«

Und dann erzählte er ihr eine unglaubliche Geschichte, die Sissy nur unter dem zunehmendem Einfluss von mehr als zwei Flaschen Rotwein in der Lage war zu verdauen.

Sieben Stunden später stand eine ziemlich übermüdete und zerknirschte Hauptkommissarin vor einem Haus in der Tübinger Straße und wartete auf ein Taxi. Es war fünf Uhr morgens und noch stockdunkel, als der pakistanische, ebenfalls übermüdete Fahrer neben ihr hielt.

Sissy stieg ein.

»Guten Morgen. Nach Bad Cannstatt, bitte. Daimlerstraße.«

Während sie sich in die Polster des Taxis verkroch, und die leere Stuttgarter Innenstadt an ihr vorbeiflog, lief vor ihrem geistigen, schläfrigen Auge ein Film ab, dessen Inhalt aus dem Abend zuvor und dessen Verlauf bestand. Irgendwie hab ich es geahnt, dachte sie. Und dann: Wie war das nochmal? Wiederholung ausgeschlossen? Na diese Ankündigung hast du ja wirklich auf's Allerkonsequenteste umgesetzt, du doofe Nuss! Jetzt hat der Typ es schon wieder geschafft, dich zu vernaschen.

Sie stöhnte bei dem Gedanken daran, wie sie und Heiko Eitler irgendwann, nach seiner Berichterstattung, und einer anschließenden Diskussion, wild übereinander hergefallen waren.

Der Taxifahrer blickte besorgt in den Rückspiegel.

»Alles okay, Madame? Ihne schlescht?«

Die schwäbisch-pakistanische Sprachmixtur hätte Sissy zu einem anderen Zeitpunkt sicher gefallen, aber in diesem Moment erwiderte sie nur genervt: »Ja und nein.«

Der Fahrer wirkte irritiert.

»Was, Madame? Ja ... nein ... soll isch halde?«

»Nein, schon gut. Mir ist nicht schlecht.«

Der arme Teufel machte sich Sorgen um die innenräumliche Unversehrtheit seines Arbeitsplatzes, soviel war klar.

Als sie das Taxi bezahlt, und sich die vier Etagen zu ihrer Wohnung hinauf geschleppt hatte, riss sie sich, kaum dass die Tür hinter ihr ins Schloss gefallen war, die Kleider vom Leib und stellte sich unter eine kochend heiße Dusche.

Als das Wasser über ihren rundlichen Körper floss, fand die gedankliche Selbst-Schelte ihre Fortsetzung.

Wie macht der Kerl das bloß? Du kannst ihn eigentlich nicht besonders gut leiden, aber er hat dich schon wieder rum gekriegt. Wie alt bist du eigentlich? Fünfzehn?

Naja, fuhr die grimmige Instanz in ihrem Kopf fort, du rauchst ja auch. Und das nicht zu knapp. Also offensichtlich stehst du auf Dinge, die dir nicht gut tun. Kleine masochistische Ader, was?

Sissy beendete sowohl ihr Gedankenkarussell, als auch das Duschen. Letzteres mit einem kalten, kneippschen Abbrausen. Sie mummelte sich in ihren Bademantel und setzte den kleinen roten Drachen in Gang. An Schlaf war nicht mehr zu denken, dazu war sie viel zu aufgewühlt.

Mittlerweile war draußen der Ansatz einer Dämmerung zu erkennen und die ersten Lichter in den umliegenden Altbauten brannten bereits.

Sissy lümmelte, der Kaffeemaschine lauschend, in ihrem Lieblingssessel und versuchte, nicht an den Austausch von Körperflüssigkeiten mit einem Mann zu denken, der in ihr überaus zwiespältige Gefühle auslöste.

Für den heutigen Tag war keine Besprechung angesetzt, da die meisten ermittelnden Beamten unterwegs waren, und Dr. Hämmerle angekündigt hatte, die Obduktion endgültig abschließen zu wollen.

Das bedeutete, Sissy musste schriftlich, via Intranet mitteilen, was sie am Abend zuvor von Heiko Eitler erfahren hatte. Die Kollegen konnten dann bei Gelegenheit auf die Informationen zugreifen. Vor allem natürlich Dr. Staudt.

Nun denn, Fräulein Ulmer. Formulieren Sie mal schön.

Und wenn es geht so, dass sich Ihr ehemaliger Deutschlehrer im Altersheim nicht vor Scham auf den Rollator übergeben würde.

Sie mopste dem Drachen eine Tasse dunkles Heißgetränk, sank zurück in den Sessel, klappte ihr Laptop auf und legte los.

ALTLASTEN

»Morgen. Das ist ja der Hammer!«

Obwohl es erst halb acht war, saß Eric bereits an seinem Schreibtisch, als Sissy das gemeinsame Büro betrat.

»Da hat doch dieses A... tatsächlich für zwei Seiten gleichzeitig gearbeitet und natürlich von der jeweiligen Gegenpartei profitiert. Hauptsache, die Kohle stimmt. Ich fasse es nicht!«

»Morgen. Du hast es also schon gelesen?!«

Sissy hatte noch von Zuhause aus den Bericht für die Kollegen fertig geschrieben, und ins Intranet gestellt. Die nächtlichen, schmutzigen Details, die sich zwischen ihr und Heiko Eitler abgespielt hatten, hatte sie natürlich weggelassen. Die waren auch so noch präsent genug in ihrem Körper, und sie hatte das Gefühl, dass ihr jeder ansehen musste, was auf der Couch der Detektei, nach Essen undSprechen, vorgefallen war.

Nun ja, vielleicht nicht jeder. Aber manche ...

»Was ist mit Dir?«, unterbrach Eric ihre Gedanken. »Du siehst irgendwie so ... anders aus ...!«

Sissy drehte sich von ihm weg, Richtung Garderoben-ständer, und murmelte während ihrer umständlichen Entblätterung: »Nichts. Was soll sein?«

Dass ich nicht unschuldig vor mich hin pfeife ist alles,

dachte sie. Und gleich danach versuchte sie, das breite Grinsen, das sie selbst nicht verstand, von ihrem Gesicht zu wischen, bevor sie sich wieder zu ihrem Kollegen umdrehte.

»Mmmmmh ...«

Sissy ging zu ihrem Platz. Als sie zu Eric schaute, sah er sie an, als wäre er ein direkter Nachfahre von Wilhelm Conrad Röntgen.

Er hatte den Kopf leicht schräg auf seine gefalteten Hände gelegt und fixierte sie wie ein Hund, der auf sein Leckerli wartete.

Sissy musste lachen.

»Haaallloooo ... es ist nichts!«

»Wer's glaubt, wird selig, wer's nicht glaubt, kommt auch in den Himmel«, zitierte Eric ein altes, schwäbisches Sprichwort. Woher er diese Sprüche kannte, obwohl er ursprünglich Ostfriese war, blieb sein Geheimnis.

»Hast du auch noch Fragen, die den Fall betreffen? Sonst würde ich solange eine Runde um den Block laufen ...«

»Nix da. Hiergeblieben! Ja, ich hab dein Memo gelesen, aber lass uns das Ganze nochmal bekakeln. Also ... Sarah Urban hat den Eitler beauftragt, Verwandte zu finden, von denen sie bis vor kurzem gar nichts wusste? Und eben diese gesuchte Verwandtschaft hat auch nach Sarah Urban gefahndet?«

»Ja, so ungefähr. Sarah Urbans Vater stammt ursprünglich aus Stuttgart. Er ist hier aufgewachsen und hat auch hier seine Frau kennengelernt. Sie machte damals eine Ausbildung zur Hauswirtschafterin, und zwar im Haushalt von Helmut Urbans Familie, die Dienstpersonal hatte.«

»Nobel, nobel«, kommentierte Eric dazwischen.

»Ja, das war schon etwas besonderes in der Nachkriegszeit. Der alte Urban, also der Vater von Helmut war Chirurg, die Mutter war Oberschwester und leitete die Station, auf der Dr. Wilfried Urban arbeitete. Der alte war ein ziemlicher Snob, und als Solveig von Helmut schwanger wurde, hat er die beiden kurzerhand rausgeschmissen. Von wegen, man lässt sich nicht mit dem Personal ein, und so.«

Eric runzelte die Stirn.

»Na Gott sei Dank sind diese Zeiten vorbei.«

Sissy schaute ihn mitleidig an.

»Da täuschst du dich, mein Lieber. Mag sein, dass das im toleranten Norden so ist, wo du herkommst. Aber Standesdünkel sind vor allem hier im Süden immer noch weitverbreitet. Es geht allerdings heutzutage nicht mehr so sehr um eine adlige Herkunft, als vielmehr darum, welchen Beruf die jeweiligen Partner ausüben, beziehungsweise, wie viel Geld im jeweils anderen Elternhaus vorhanden ist.«

Eric dachte kurz nach und nickte dann:

»Du hast recht. Erzähl weiter.«

»Es kam zu einem Zerwürfnis zwischen dem Alten und seinem Sohn. Helmut ging mit seiner Solveig nach Hamburg, wo deren Eltern lebten, die die beiden zunächst aufnahmen und unterstützten. Die Urbans heirateten, und kurze Zeit später wurde ihre Tochter Sarah geboren. Helmut Urbans Mutter ließ jedoch den Kontakt nie abreißen, und schließlich gelang es ihr, dass Vater und Sohn sich wieder annäherten. Man traf sich ab und zu, meistens auch mit den Geschwistern von Helmut Urban, in Stuttgart. Aber das Verhältnis zwischen dem Alten und dem Jungen war unterkühlt, und sollte bis zum Tod des Arztes auch so bleiben. Sarah Urban hatte nie ein herzliches Verhältnis zu ihrem Großvater gehabt. Aber dafür war der Kontakt zu ihrer Oma und den Tanten und Onkeln, je zwei an der Zahl, umso besser.«

»Und eine dieser Tanten hat Sarah Urban über die Vorgeschichte ihres Vaters aufgeklärt. Warum sie und nicht ihr Vater selbst. Und warum so spät?«, fragte Eric.

»Sarah Urban wusste wohl schon seit ihrem dreizehnten Lebensjahr, dass Wilfried Urban nicht der leibliche Vater von Helmut war. Ihr Vater hatte das mal nebenbei erwähnt, war aber den weiteren Nachfragen seiner neugierigen Teenager-Tochter ausgewichen. Sie hat es dann irgendwann aufgegeben, und in späteren Jahren auch nicht mehr nachgebohrt, bezüglich der Geschichte, weil sie gemerkt hat, wie sehr das Thema ihrem Vater an die Nieren ging. Aber vor zirka zwei Jahren hat sie sich ein Herz gefasst und besagte Tante dazu befragt. Und die wusste erstaunlich viel.«

»Nämlich, dass der Name ihres leiblichen Großvaters Peter Weiler gewesen ist und dass ihre Großmutter diesen verlassen, und Helmut mit in die Ehe mit Wilfried Urban gebracht hatte. Und der hat dann, ein paar Jahre später den kleine Helmut adoptiert. Recht ungewöhnlich für die damalige Zeit ... wann war das? Irgendwann zwischen

1948 und 1955 ...?«

»Genau. Hanna Urban, hatte ihren ersten Mann Peter Weiler kurz nach Kriegsende kennengelernt. Sie heirateten und ein Jahr später kam der kleine Helmut zur Welt. Sie wohnten bei Peter Weilers Mutter Charlotte in einer kleinen Wohnung an der alten Weinsteige, da die Villa Weiler im Krieg beschädigt worden war, und erst wieder in Stand gesetzt werden musste. 1949 hat Hanna, zusammen mit dem kleinen Helmut, ihren Mann Peter verlassen. Sie hat sich scheiden lassen und zwei Jahre später Dr. Wilfried Urban geheiratet, den sie in dem Krankenhaus kennengelernt hatte, in dem beide damals arbeiteten. Die beiden bekamen dann noch drei weitere Kinder, also die Halbgeschwister von Helmut Urban. Eines davon ist besagte Tante, die Sarah Urban das alles erzählt hat.

Das wirklich dramatische an der Geschichte ist, dass Hanna Urban Peter Weiler damals verlassen hat, weil dieser gedroht hatte, Helmut, der gerade ein paar Monate alt war, etwas anzutun.«

»Oh ... das stand nicht in deinem Bericht. Wieso das denn?«

Sissy schaute ihren Kollegen an, und schwieg einige Augenblicke, bevor sie weitersprach.

»Peter Weiler hatte ein Trauma. Er war während des zweiten Weltkrieges bei einem Fronteinsatz verschüttet worden. Über die genauen Umstände wusste die Tante von Sarah Urban nichts. Aber als er zurückgekehrt war nach Stuttgart, war er nicht mehr derselbe Mensch. Und psychologische Betreuung für Kriegsveteranen gab es damals praktisch nicht.«

»Stimmt!«, sagte Eric. »Aber selbst wenn es diese Hilfe gegeben hätte ...«

Er ließ den Satz in der Luft hängen und Sissy nickte.

»Ja, ich weiß, was du meinst. Das ganze Land war schließlich mehr oder weniger traumatisiert. Das wäre nicht zu bewältigen gewesen.«

Jetzt schwiegen sie beide.

Nach einer Weile stand Eric auf und stellte sich, mit seinem Kaffeebecher in der Hand, ans Fenster.

»Das heißt, Hanna Urban hat Peter Weiler verlassen, um das Leben ihres Sohnes zu schützen.«

»Vielleicht auch ihr eigenes. Wie gesagt, was damals genau passiert ist, wusste die Tante nicht. Es kam aber noch schlimmer.«

Eric drehte sich zu Sissy um und wartete.

»Peter Weiler hat sich, kurz nachdem seine Frau mit dem kleinen Helmut gegangen war, das Leben genommen.«

Erics Kinnlade klappte ein wenig nach unten, und seine hellblauen Augen weiteten sich.

»Mann oh Mann ...!«

Er setzte sich wieder auf seinen Platz.

»Das ist echt starker Tobak. Aber eins verstehe ich nicht. Warum hat Sarah Urban erst so spät angefangen, ihre Familiengeschichte zu recherchieren? Immerhin war sie schon über dreißig. Und die Tante hätte sie ja auch schon vorher mal fragen können, ob sie etwas weiß.«

»Das kann ich dir auch nicht sagen. Ich gehe aber davon aus, da ich das aus meinem Bekanntenkreis kenne, dass es daran liegt, dass man als junger Mensch einfach zu beschäftigt damit ist, an seinem eigenen Lebensentwurf zu basteln. Viele Menschen fangen erst zwischen dreißig und vierzig an, sich mit ihrer Herkunft genauer auseinander zu setzten. Und oft auch nur dann, wenn sie das Gefühl haben, dass es da ungeklärte Dinge gibt.«

»Was meinst du mit ungeklärten Dingen?«, kam es von Eric.

»Na zum Beispiel, wenn man spürt, in der Familie gibt es unausgesprochene Geheimnisse. Oder wenn man sich die Frage stellt: Woher habe ich dieses oder jenes Talent. Einfach die Frage nach dem eigenen Ursprung. Das hat, glaube ich, auch etwas mit der Suche nach dem Sinn zu tun. Und in Sarah Urbans Fall kommt noch eine ganz entscheidende Tatsache hinzu.«

»Du meinst ihre Schwangerschaft.«

»Genau. Ich hab zwar selber keinen Nachwuchs, aber ich höre das häufig in meinem Umfeld. Ein Kind zu erwarten löst bei Eltern ganz oft die Frage aus, was gebe ich diesem Menschen mit auf seinen Lebensweg. Welche Talente, was für Fähigkeiten, oder auch, welche genetischen Belastungen. Es ist ja bekannt, dass manche Krankheiten, wie zum Beispiel Krebs, oft eine Generation überspringen und dann in der nächsten wieder zuschlagen.«

Eric nickte zustimmend.

»Das kann ich gut verstehen. Aber warum hat sie diesen Schmierlappen beauftragt, nach Verwandten von Peter Weiler zu suchen? Offenbar war ihre Tante doch eine ganz aufschlussreiche Quelle. Und in der heutigen Zeit kann man schließlich über das Internet an alle erdenklichen Informationen kommen.«

»Bis zu einem gewissen Punkt ja. Aber die Tante von Sarah Urban wusste nur noch ungefähr, in welcher Straße die Familie Weiler damals gewohnt hatte. Und genau an dieser Stelle verlief die Spur im Sand. Deshalb beauftragt sie irgendwann Heiko mit der Weitersuche.«

Bei Erwähnung des Detektivs verzog Eric das Gesicht, als hätte er Zahnschmerzen.

Sissys Unterleib spielte aus Solidarität mit, und ihr Herz schlug für einen kurzen Moment ein paar Takte schneller. Kscht, aus!

Eric sorgte für die nötige Ablenkung.

»Und zeitgleich haben auch die Weilers nach der überraschend aufgetauchten Verwandten gesucht. Was für ein kurioser Zufall ...!«

»Hast du das so verstanden? Nein. Nicht ganz. Heiko hatte bereits zwei Wochen für Sarah Urban recherchiert, als der Anruf von Seiten der Weilers kam.«

»Aber sie hatte doch selber schon gesucht und Anrufe getätigt. Alle Weilers, die sie gefunden hatte, gefragt ...«

»Ja, und dadurch hat sie auch die Pferde scheu gemacht. Sie hat tatsächlich ihren leiblichen Großonkel Hans, also den Bruder von Peter Weiler gefunden, und sogar mit ihm telefoniert. Aber sie hat es nicht gewusst, weil dieser sich nicht zu erkennen gegeben hat. Er hat behauptet, noch nie etwas von einem Peter Weiler gehört zu haben und dass es sich wohl um einen gänzlich anderen Familienzweig handeln müsste. ... aus der Gegend um Esslingen oder so.«

Eric pfiff leise durch die Zähne.

»Das ist ja ein dicker Hund!«

»Ja. Aber es stand viel auf dem Spiel. Vor allem für den Weiler Verlag.«

»Das hab ich auch noch nicht so ganz verstanden.«

Aha, mein Deutschlehrer müsste wohl doch ein Spuckerle machen, dachte Sissy. Meine Formulierungen scheinen immer noch zu ungenau zu sein. Sorry, Herr Häberle. Ich versuche mich zu bessern. Sie sollen nicht umsonst an meinen Schachtelsätzen verzweifelt sein.

»Okay. Ich werde dir etwas vorlesen. Ich hab ja, wie du weißt, keinen Scanner zuhause. Deshalb habe ich das, was Heiko mir da kopiert hat, mitgebracht. Ich hatte gehofft, ich hätte mein Memo eindeutig formuliert. Aber das scheint ja nicht so richtig geklappt zu haben.«

»Ach iwo. Ich steh, glaub ich, nur ein bisschen auf dem Schlauch. Ist ja auch echt verworren, dieses Familien-Nachkriegs-Drama«, versucht Eric zu beschwichtigen.

»Schon gut. Also, hör zu.«

Diese verdammten Kriege.
Diese unfassbaren, unerträglichen, in ihrer Grausamkeit
nicht zu überbietenden Kriege.
Sie haben mir, und so vielen anderen, alles genommen.
Alles wofür und alles weswegen wir gelebt haben.
Durch rohe, sinnlose Gewalt und eine unmenschliche Kälte,
die ich immer noch spüre, und die in meinen Adern sitzt,
wurde zerstört, was einst entstand aus Liebe und Hoffnung.

Krieg ist Vernichtung.
Nicht alleine nur die Vernichtung des Lebens selbst.
Noch nur die Vernichtung von Straßen, Gebäuden und
blühenden Wiesen.
Ich fühle, Krieg vernichtet die Essenz.
Alles Menschliche, alle Werte. Das Gute, Schöne.
Krieg nimmt den Liebenden und Hoffenden, allen Weitblickenden,
Weltoffenen und lebensfrohen Menschen alles.
Ich falle. Falle in diesen Abgrund.
Alle, die bereit waren für das Leben, und dafür, etwas Gutes mit
ihm anzufangen, werden mit in diesen Abgrund gerissen.
Dieser Abgrund ist tief. Ich glaube, nahezu bis zur Unendlichkeit.

Diese verdammten Kriege.
Der Erste hat mir Vater und Großvater genommen.
Der Zweite meinen Gefährten, und jetzt auch noch meinen
geliebten Sohn.
Meinen geliebten Peter.
Auch er wurde getötet.
Man sagt, er wäre von eigener Hand gestorben.

Das ist eine Lüge.
Die schlimmste Lüge, die jemals an meine Ohren drang.
Ich werde diese Lüge nicht in mein Herz kommen lassen.
Ich weiß, es war der Krieg.
Nichts und niemand sonst, als der Krieg.
Er allein hat sie mir alle genommen.
Entraubt. Entrissen. Getötet.
Und dennoch, die Hoffnung.
Sie hat mich noch nicht in Gänze verlassen.
Sie glimmt mir aus der tiefschwarzen Dunkelheit
des Abgrundes entgegen.

Hans lebt. Er wird seinen Weg gehen. Er ist hart.
Hanna ist fort.
Ich kann sie verstehen.
Wenngleich mir der kleine Helmut fehlt. Aber er lebt.
So sehr erinnerte er mich an meinen geliebten Carl.
Meine Seele, mein Herz, mein Gefährte, mein Lebenslicht.
Bald werde ich Dir folgen.
Dann werden wir alle wieder beisammen sein.

Dies war der zweite große Krieg.
Einen dritten darf es niemals geben.
Denn aller guten Dinge sind nicht immer drei.
Nicht in diesem Falle.
Noch weniger jedoch, was die Zukunft unserer Familie betrifft.

Und deshalb, verfüge ich, Charlotte Weiler, geboren am
17. Januar 1898 in Stuttgart, folgendes ...

Als Sissy ihre Vorlesung beendet hatte, war die Stille im Büro Ulmer/Jahn erdrückend. Allein das Ticken der quietschbunten Wanduhr war zu hören.

»Wahnsinn! Wie die Frau schreiben kann ...« Erics Stimme war voller Hochachtung.

»Ja, das finde ich auch. Aber überraschend ist es nicht. Immerhin war sie Autorin und hat diverse Romane und Gedichte veröffentlicht, die unter dem Nazi-Regime verboten wurden. Und außerdem war sie die Ehefrau des erfolgreichsten Verlegers von ganz Süddeutschland.«

Es klopfte an der Tür.

»Herein.«

Sissy und Eric grinsten sich an, weil sie mal wieder im Chor agiert hatten. Die Eintretenden, Schober und Schwämmle, lächelten ebenfalls.

»Ihr zwei seid echt ein Team«, sagte die Kollegin Schwämmle, während ihr Partner sich bereits auf einen der beiden Besucherstühle pflanzte.

Nach der gegenseitigen Begrüßung, saßen die vier Kollegen, mit frischem Kaffee ausgestattet, um Sissys Schreibtisch herum. Die Kopie der Verfügung von Charlotte Weiler wurde von Edeltraut Schwämmle weiter gereicht an ihren Lebensgefährten. Nachdem auch dieser zu Ende gelesen hatte, war es Eric, der als erster wieder das Wort ergriff.

»Also kann man es so verstehen, dass, wenn Charlotte Weiler schreibt, aller guten Dinge wären nicht drei, sondern vier, das Vermögen und der Verlag an die Enkel ihrer Söhne Hans und Peter gehen sollte?«

»Nein«, antwortete Sissy. »Sie bezeichnet sich ja selbst an einer Stelle als Generation »null«. Und weiter unten schreibt sie: ... hundert Jahre sind nicht genug ...!«

»Sarah Urbans Kind ...«

Erwin Schober ließ den Satz unausgesprochen in der Luft hängen.

Sissy nickte.

»Ganz genau. Charlotte Weiler schreibt, dass sie fühlt, dass drei Generationen nicht ausreichen, das vergangene Geschehen auf eine Weise zu erinnern und aufzuarbeiten, dass daraus etwas Gutes erwachsen kann. Und sie schreibt von der Macht des Wortes. Das heißt, in meinem Verständnis, sie wollte, dass der Verlag, der ja heute einer der größten und bedeutendsten in ganz Europa ist, in den Besitz eines Menschen gelangt, der durch die Distanz an Jahren und die bis dato, wie sie hoffte, gründliche Aufarbeitung der beiden Weltkriege, in der Lage dazu ist, daran mitzuwirken, die Welt zu einem besseren Ort zu machen, und für dauerhaften Frieden einzutreten.«

»Ein hehres Ziel.«

Erwin Schober lehnte sich zurück und verschränkte die Arme hinter dem Kopf.

»Also, fassen wir das ganze mal zusammen«, übernahm nun Eric das Kommando. »Charlotte Weiler hat verfügt, dass der Verlag an die Urenkel ihrer beiden Söhne Hans und Peter Weiler gehen sollte. Und wenn es diese Nachfahren nicht gäbe, würde das Verlagshaus samt Grundstück und der alten Weiler-Villa in eine Stiftung übergehen.«

Sissy nickte wieder.

»Richtig. Im Moment ist der Verlag im Besitz von Theresa und Werner Benz. Theresa ist die Tochter von Hans Weiler. Die beiden haben einen Sohn, der Christoph heißt und niemals Kinder haben wird, weil er homosexuell ist. Alle hängen am Tropf des Verlags und bewohnen außerdem gemeinsam die Villa. Das heißt, sie hätten alles verloren, da Sarah Urbans Kind Alleinerbe des gesamten Vermögens gewesen wäre.«

Edeltraut Schwämmle pfiff leise durch die Zähne.

»Donnerwetter! Das nenne ich ein Motiv ...«

Eric runzelte die Stirn und sagte: »Aber eins versteh ich nicht. Woher hatte der Eiter diese Verfügung von Charlotte Weiler? Von der Familie Weiler / Benz doch bestimmt nicht. Die werden ja wohl nicht so dumm gewesen sein, sich selber eine Grube zu graben, oder?«

»Nein. Sie wussten davon, soviel steht fest. Aber sie haben es natürlich schön für sich behalten. Heiko hat den Sohn des Notars von Charlotte Weiler ausfindig gemacht. Fragt mich nicht, wie. Auf jeden Fall hatte der noch Unterlagen von seinem Vater aus der Nachkriegszeit, die er nach dessen Tod aufbewahrt hat, weil er sie für wichtig hielt. Und bei diesen Unterlagen, fand sich auch die Verfügung, die ja eine Art Testament ist.«

Erwin Schober meldete sich zu Wort.

»Soweit so gut. Ich stimme meiner Holden zu«, dabei nickte er liebevoll in Richtung seiner Partnerin. »Das ist ein starkes Motiv. Lasst uns trotz allem nicht die Meys aus den Augen verlieren. Ich weiß nicht, wie es euch geht, aber ich hab da so ein Gefühl ... irgendetwas verbergen die zwei. Oder auch nur einer von ihnen. Wie seht ihr das?«

»Genauso!«, stimmte Eric ihm zu.

Sissy und die soeben als »Holde« titulierte, nickten bestätigend. Dann hielt Sissy plötzlich mitten in der Bewegung inne, und schlug sich mit der flachen Hand auf die Stirn.

»Mist! Sorry, Leute. Ich hab etwas ganz Wichtiges vergessen. Heiko hat am ersten Tag, an dem er, im Auftrag der Weiler/Benz Familie, Sarah Urbans Umfeld erkunden wollte, vor dem Haus der Meys ein Telefonat mitangehört.«

»Der Typ ist so was von krank!«, fuhr Eric dazwischen. »Observiert seine eigene Auftraggeberin, nur damit er doppelt kassieren kann ...!«

Sissy ignorierte den Einwurf und sprach hastig weiter.

»Eine Frau war, wütend in ihr Handy brüllend, aus dem Haus gekommen. Er hat nur ein paar Sätze aufgeschnappt, aber der Inhalt war eindeutig. Ich zitiere: »Doch, ich weiß es ganz genau. Ich hab die beiden gesehen. Sie treiben es auf meinem Grundstück, in meinem Gartenhaus. Ich schwöre dir, die kleine Schlampe mach ich fertig ...!« Dass es sich bei der offensichtlich Gehörnten um Johanna Mey handelt, hat Heiko erst später herausgefunden. Aber eins steht dadurch fest ...«

»Sie hat gelogen«, unterbrach Edeltraut Schwämmle. »Sie wusste von der Affäre ihres Mannes mit Sarah Urban.«

»Gut. Wie machen wir weiter?«

Erwin Schober legte nun »Staudtsche« Züge an den Tag.

Seine Partnerin hielt mit: »Ich würde sagen, Sissy und Eric übernehmen die Weiler/Benz Geschichte, und wir beide knöpfen uns nochmal die Meys vor, und schauen uns im Belveder um. Einverstanden?«

Sissy und Eric waren einverstanden.

»Was machen eigentlich die anderen im Moment?«, wollte Sissy wissen.

»Diesi befragt gerade die Eltern von Sarah Urban«, bekam sie als Antwort.

»Alleine?«, fragte sie erstaunt.

»Nein. Sabrina ist dabei. Sie hat sich dazu bereiterklärt, auch weil sie den Eltern einige persönliche Dinge ihrer Tochter übergeben wollte, die die Spusi im Gartenhäuschen sicher gestellt hat. Irgendwie scheint ihr das wichtig gewesen zu sein. Und außerdem hatte ich das Gefühl, sie braucht etwas Abstand zu ihrem feinfühligen Chef.«

Eric machte eine kurze Pause, bevor er fortfuhr.

»Faul und Stark sind immer noch mit den Asservaten beschäftigt, und der Hämmerle …«

Pling, pling, ertönte es fast zeitgleich aus den eingeschalteten Computern von Sissy und Eric.

Sissy, die näher an ihrem saß, öffnete schnell die Nachricht.

»Wenn man vom Teufel spricht … die Mail ist vom Herbi.«

Das Schwämmle/Schober-Team hatte ein gemeinschaftliches Fragezeichen auf der Stirn.

»Von wem?«, fragte der männliche Teil des präsidialen Traumpaares, während Sissy gebannt auf ihren Bildschirm starrte.

»Ach, nicht so wichtig«, murmelte sie, immer noch lesend. Als sie fertig war, und aufschaute, blickte sie in drei Augenpaare, die geduldig, aber mit kaum verhohlener Neugier, auf eine Erklärung warteten.

Um ein Haar hätte sie ein Lachanfall überwältigt, aber die Neuigkeit, die ihr eben zu Augen gekommen war, verhinderte dies.

»Eric, du hast gestern, nachdem du Giesbert Mey nochmal vernommen hast, eine Speichelprobe von ihm nehmen lassen.«

»Ja, richtig. Unter anderem auch zur Bestimmung der Vaterschaft, bezüglich des Kindes von Sarah Urban. Er hat ja, wie ich im Memo geschrieben hab, behauptet, er wäre nicht der Erzeuger ...«

Erwin Schobers darauffolgendes Kopfschütteln endete abrupt, als Sissys lautes »Das stimmt!« durch den Raum hallte. Und immer noch ungläubig auf den Bildschirm starrend, fuhr sie, nun deutlich ruhiger im Ton, fort: »Dr. Hämmerle hat gerade die Untersuchung beendet. Laut DNA-Analyse war Giesbert Mey nicht der werdende Vater von Sarah Urbans ungeborenem Kind.«

SCHÜTZENGRABEN

»Wie ärgerlich, dass die Benzens ausgerechnet jetzt auf einer Buchpräsentation sind. Ich verstehe ja, dass bei einer solchen Veranstaltung Klingelgeräusche unerwünscht sind, aber haben die Herrschaften noch nie etwas davon gehört, dass man sein Telefon auch auf Vibration umstellen kann?«

Sissy und Eric waren unterwegs zur Villa Weiler. Sie hatten im Verlag angerufen, um sich anzukündigen. Die Sekretärin hatte ihnen mitgeteilt, dass Theresa und Werner Benz nicht im Hause wären.

Sie hatte zwar bereitwillig die Mobiltelefon-Nummern herausgerückt, aber als Eric versucht hatte, diese anzurufen, musste er feststellen, dass beide Handys ausgeschaltet waren.

»Ich finde es prinzipiell ganz großartig, dass es noch Menschen gibt, die wissen, wo der Aus-Knopf an ihrem Telefon ist ... trifft ja heutzutage nur noch auf ganz wenige zu. Aber du hast natürlich recht. Für unsere Zwecke ist das im Moment nicht gerade sehr förderlich. Schauen wir mal, was wir von den Generationen eins und drei erfahren können.«

Von der Verlagssekretärin wussten sie, dass Christoph Benz über Mittag nach Hause gefahren war, um mit seinem

Großvater »zu speisen, wie er das jeden Tag zu tun pflege«. Ob so eine verschwurbelte Ausdrucksweise wohl Pflicht ist, wenn man in einem Verlag arbeitet, fragte sich Sissy, während die Ampel vor ihnen auf grün schaltete.

»Oha, nicht übel«, kommentierte Eric den Anblick, der sie erwartete, als sie ihr Ziel erreicht hatten.

Ja, dachte Sissy, dafür kann man eventuell zum Mörder werden.

Die Villa Weiler sah eher aus wie ein Märchenschloss, und nicht wie ein Gebäude, in dem Menschen aus dem einundzwanzigsten Jahrhundert wohnten. Herrschaftlich thronte sie auf einem Hügel. Der Schloss-Charakter entstand nicht nur durch Lage, Größe und den rundherum angelegten, penibel gepflegten Park, sondern vor allem auch durch die vielen, unterschiedlich hohen Gebäudeteile und Türmchen, deren Anzahl Sissy aus dieser Perspektive nur schätzen konnte. Das zweifarbige Mauerwerk, rostrot und hellbeige, unterstrich den edlen Gesamteindruck noch zusätzlich.

Sie standen vor einem zirka acht Meter breiten, massiven, schmiedeeisernen Tor, das zur linken und zur rechten Seite in eine ebenfalls massive, schätzungsweise drei Meter hohe Mauer eingelassen war, die das gesamte Gelände zu umgeben schien. Aber auch das konnten sie von ihrem momentanen Standort aus nur vermuten.

Alles in allem wirkte das ganze Areal, wie aus der Zeit gefallen.

Mit einer einzigen Ausnahme.

Auf den beiden seitlichen Torpfosten waren hochmoderne Überwachungskameras installiert.

Als Sissy und Eric näher an das Tor traten, signalisierten die beiden künstlichen Wächter durch ein leises, kaum hörbares Summen und eine leichte Positionsänderung, dass sie die neugierigen Ankömmlinge im Visier hatten.

»Ich kann keine Klingel finden«, sagte Eric, der links stand und suchend den Kopf hin und her bewegte.

»Hier!«, kam es von rechts und Sissy. »Ziemlich clever versteckt. Besonders scharf auf Besuch scheinen die Hoheiten nicht zu sein.«

Zwischen zwei buschigen, immergrünen Stauden, deren Name Sissy entfallen war, stand leicht nach hinten versetzt ein Kasten, der die gleiche Farbe hatte wie das Gebüsch. Daran war ein Griff befestigt, mit dem man eine Klappe öffnen konnte. Hinter ihr waren Briefkasten, sowie Klingelknopf und eine weitere Kamera, in Form einer schwarzen Halbkugel, zu sehen.

»Palimm, palimm«, sagte Sissy, während sie den Knopf drückte.

Keine Reaktion. Eric trat neben sie.

»Versuch es nochmal.«

Sissy klingelte erneut, dieses Mal deutlich länger und zweifach.

Nichts rührte sich.

Eric ging zum Tor, in dessen linken Flügel eine extra Tür mit Klinke eingebaut war.

»Vielleicht haben wir ja Glück.«

Sie hatten.

Die Tür war nicht abgeschlossen, und sie betraten das Grundstück. Sie standen jetzt vis-à-vis des Hügels, der zur Villa hin anstieg und als terrassenförmiger Park angelegt war. Links und rechts waren jeweils Kieswege zu sehen, die zum Haus führten.

»Links oder rechts?«, wollte Eric wissen.

»Schnick Schnack Schnuck?«, fragte Sissy zurück.

»Wir können auch getrennt gehen. Du rechts herum, ich links.«

Sissy schüttelte den Kopf und fing an zu singen: »Gute Freunde soll man nicht trennen ...«

Eric hielt sich lachend die Ohren zu.

»Schon gut, schon gut! Gegen Freddy Quinn hab ich natürlich keine Chance. Also, vamos!«

Sie gingen, linker Hand des Hügels, nebeneinander her, über den ansteigenden Kiesweg, als plötzlich ein lauter Knall ertönte. Kurz darauf hörte Sissy ein pfeifendes Geräusch und spürte gleichzeitig einen scharfen Luftzug am rechten Ohr.

Dann ging alles ganz schnell. Und doch fühlte es sich für Sissy an, als wäre die Zeit stehengeblieben. Als wäre sie Teil eines Films, in dem sie eine Rolle spielt, die ihr ganz und gar nicht gefiel.

Eric hatte sie, unmittelbar nach dem Knall, zu Boden gerissen, und lag nun halb auf ihrem Oberkörper.

Vor ihren Augen, die momentan geschlossen waren, sah sie Silvesterfeuerwerk. Und peu à peu realisierte sie auch, warum.

Es knallte wieder und wieder.

»Verdammt! Da schießt einer auf uns«, keuchte Eric ungläubig. »Wir müssen in Deckung gehen und Verstärkung rufen. Komm!«

Er robbte auf allen Vieren vorwärts Richtung Abhang und zog Sissy dabei mit sich.

Die Schüsse ebbten nicht ab, bis sie nebeneinander in einem Graben lagen, der zirka einen halben Meter tief war.

Sissy kramte mit zitternden Händen ihr Mobiltelefon aus der Jackentasche und setzte den Notruf ab. Danach wurde sie etwas ruhiger, denn sie wusste, wenn der Funkspruch mit dem Wortlaut: »Kollegen unter Beschuss«, an die Streifenwagen herausging, würde es nicht sehr lange dauern, bis das ganze Gelände einer Großraum-Diskothek glich.

Die Schüsse hatten plötzlich aufgehört.

Sie sah, dass Eric, der neben ihr lag, seine Dienstwaffe gezogen hatte und tat es ihm nach.

»Kannst Du erkennen, wo das herkam?«

»Nicht wirklich«, antwortete er. »Ich vermute, der Schütze stand an einem der Fenster im zweiten Stock. Da ist auf jeden Fall gerade eins geschlossen worden.«

Wenige Sekunden später war schon das erste Martinshorn zu hören.

Selten habe ich dieses Tatütata so gern gehört wie jetzt, dachte Sissy erleichtert.

»Sind Sie eigentlich von allen guten Geistern verlassen? Sie können doch hier nicht einfach in der Gegend herumballern, wie ein wild gewordener Cowboy!«

Etwa fünfzehn Minuten, nachdem Sissy die Zentrale darüber informiert hatte, dass auf sie und Eric auf dem Gelände der Villa Weiler geschossen wurde, waren sechs Streifenwagen plus drei schwarze Vans des Sondereinsatzkommandos vor Ort gewesen und hatten das Areal gesichert.

Mittlerweile standen sie und Eric im zweiten Stock, der Villa, in einem herrschaftlichen Speisesaal, in dessen Mitte eine lange Tafel zu sehen war, an der dreißig Personen mühelos Platz finden konnten. Gedeckt war allerdings im Moment nur für zwei.

Christoph Benz saß linker Hand neben dem einen Kopfende des Tisches.

Sein Großvater stand leicht gebeugt und auf einen edlen Mahagoni Stock gestützt, neben einem, aus dem selben Holz gefertigten Waffenschrank und hörte sich ungerührt Erics Standpauke an.

Dass es sich bei ihm um den Schützen handeln musste, war relativ schnell klar gewesen, denn er hatte das großkalibrige Gewehr noch in der Hand gehalten, als das SEK das Esszimmer gestürmt hatte.

Der zwar kaum noch wahrnehmbare, aber dennoch eindeutige Geruch, der im Raum hing, untermauerte dies zusätzlich.

Eric war gerade fertig geworden mit seinem Anschiss, da ertönte die Stimme des Alten.

Er hatte sich, während Eric immer lauter geworden war, fast unmerklich, mehr und mehr gestreckt und stand jetzt beinahe komplett aufrecht da. Seine faltige, knöcherne Hand, die von Altersflecken übersät war, lag nur noch locker auf dem silbernen Knauf des Stockes, anstatt sich auf ihn zu stützen.

»Was erlauben Sie sich? In diesem Hause ist es nur einem einzigen Menschen gestattet, die Stimme zu erheben. Und das bin ich!«

Sissy war zusammmen gefahren. Ihr saß der Schreck durch den Beschuss noch in den Gliedern, aber es war auch die Akustik des Raums, in Kombination mit der scharfen, kraftvollen Stimme von Hans Weiler, die sie überrascht hatte.

Liebes Lieschen, ganz ordentliches Organ, für das Alter, dachte sie. Und sie überlegte weiter ... fünfundachtzig ist der jetzt. Puh ... ein Theaterregisseur hätte seine helle Freude an dem Greis. Und die Schützenvereine erst ...! Hans Weiler lief unterdessen zur Hochform auf.

»Sie dringen hier ein, ohne angemeldet oder eingelassen worden zu sein. Entspricht das Ihrer Vorstellung von Rechtsstaatlichkeit? Auf diesem Grundstück und in diesem Haus befinden sich Dinge von unschätzbarem Wert. Und außerdem zwei Mitglieder einer angesehenen Unternehmer-Familie. Sie hätten sonst wer sein können. Diebe, Entführer, oder sogar Meuchelmörder. Ich habe lediglich mein Hab und Gut verteidigt, und Leib und Leben meines Enkels und meiner selbst beschützt. Wieso, in drei Teufels Namen, tragen Sie keine Uniform, wie es sich gehört?«

An dieser Stelle machte er eine nickende Kopfbewegung in Richtung der beiden Kollegen von der Streife, die sich links und rechts neben der Tür postiert hatten.

In drei Teufels Namen ... das ist auch so ein Ausdruck, der echt Museumsreif ist, dachte Sissy, während sie gespannt auf Erics Antwort wartete.

»Ich werde jetzt hier mit Ihnen nicht die Kleiderordnung der Polizei diskutieren«, giftete Eric zurück, nicht im Mindesten dazu bereit, wie gefordert, seine Stimme zu senken. »Sie haben auf zwei Kriminalhauptkommissare geschossen und damit *deren* Leib und Leben gefährdet. Das wird ein Nachspiel haben, das ist Ihnen hoffentlich klar, Herr Weiler.«

Die Antwort peitschte wie ein erneuter Schuss durch den Saal.

»Ha! Sie werden doch nicht ernsthaft dem Irrglauben verfallen sein, ich würde mich von Ihnen auf diese plumpe Art und Weise einschüchtern lassen. Der Weiler Verlag hat eine ganz hervorragende Rechtsabteilung. Für uns arbeiten die besten Juristen des Landes. Wir werden ja sehen ...«

Christoph Benz hatte sich, während der alte Herr schwadronierte, langsam von der Tafel erhoben und war neben ihn getreten. Sanft legte er ihm einen Arm um die Schultern, was Hans Weiler mitten im Satz verstummen ließ.

»Großvater, bitte beruhige dich. Du weißt doch, dass du dich nicht so aufregen darfst. Denk an dein Herz.«

Seine Stimme hatte ein weiches Timbre, und augenblicklich veränderte sich die angespannte Atmosphäre im Raum. Der Alte musste zu seinem Enkel aufschauen, da dieser ihn um fast drei Köpfe überragte.

Sissy beobachtete fasziniert die Wandlung von Hans Weiler. Es schien, als wäre ein unsichtbares Bügeleisen über sein Gesicht geglitten. Wie von Zauberhand verschwanden die Falten.

Die Mundwinkel richteten sich auf und die harten, kalten stahlblauen Augen bekamen einen liebevollen Glanz.

Und während er sich von seinem Enkel zu einem Stuhl führen ließ, wurde allen Anwesenden klar, dass diese beiden Herrschaften, trotz ihres völlig unterschiedlichen Äußeren, verwandt waren.

»Du hast ja so recht, mein Lieber«, sagte Hans Weiler, und seine Stimme klang jetzt exakt wie die seines Enkels. Phänomenal, dachte Sissy. Am Telefon könnte man die zwei nicht auseinander halten. Krass, was für eine Auswirkung Emotionen auf die Stimmbänder haben können.

Christoph Benz machte eine einladende Geste.

»Setzen Sie sich doch. Darf ich Ihnen etwas zu trinken anbieten? Ein Glas Wasser vielleicht, oder Kaffee?«, spielte er den perfekten Gastgeber.

Erst jetzt bemerkte Sissy, wie ausgetrocknet ihre Mundhöhle war, und sie und Eric nahmen an.

Nachdem Eric sich bei den beiden uniformierten Kollegen bedankt und ihnen gesagt hatte, sie könnten gehen – das SEK war bereits abgerückt – setzten er und Sissy sich an den Tisch.

Hans Weiler wirkte erschöpft, versuchte aber, es sich nicht

anmerken zu lassen. Dennoch übernahm sein Enkel jetzt die Regie.

Er schaute Sissy und Eric freundlich an und seine weiche Stimme hatte einen bedauernden Unterton, als er sagte: »Zunächst einmal, bitte entschuldigen Sie den Vorfall. Mein Großvater und ich sind sehr froh darüber, dass Sie nicht zu Schaden gekommen sind.«

Ja klar, deshalb hat der verrückte Opi auch auf uns geballert, dachte Sissy, und erwartete heftigen Widerspruch des betagten Übeltäters. Doch der blieb aus, was wahrscheinlich vor allem daran lag, dass Christoph Benz, während er sprach, liebevoll den Unterarm des Alten tätschelte. Allerdings murmelte er etwas vor sich hin, das für Sissy klang wie »... und außerdem stört man andere Menschen nicht beim Mittagessen ...«

Sie ignorierte es jedoch und dachte: Sieh an, so ein schockierendes Erlebnis hat auch was für sich. Normalerweise hätte ich dem fossilen Spinner so einen dreisten Kommentar niemals durchgehen lassen.

Christoph Benz fuhr unbeirrt fort.

»Und nun lassen Sie uns doch bitte wissen, was wir für sie tun können.«

»Es geht um die brutale Ermordung einer jungen Frau am Killesberg ...«

Eric wollte weiter sprechen, was allerdings von Hans Weiler, in den plötzlich wieder Leben gekommen war, verhindert wurde.

»Unverschämtheit! Was haben wir damit zu tun?«, fauchte er.

»Großvater, ich bitte dich ... lass den Herrn Hauptkommissar doch erst einmal zu Ende erzählen.«

Zu Ende erzählen? Wir sind doch hier nicht in der Märchenstunde, ging es Sissy durch den Kopf. Das hier ist echt mit das Skurrilste, was ich je erlebt habe. Meine Anna wird staunen, wenn wir uns heute Abend treffen. Normalerweise war es ihre Freundin, die, berufsbedingt, mit kuriosen Erlebnissen glänzen konnte.

Eric übernahm wieder das Kommando. Es war ihm deutlich anzumerken, dass er genug hatte.

»Sie haben insofern etwas mit dieser Angelegenheit zu tun, als dass es sich bei der ermordeten jungen Frau, die übrigens im dritten Monat schwanger war ...«

Ups, ist der geladen, dachte Sissy.

»... um die Enkelin Ihres verstorbenen Bruders Peter handelt.«

Sissy konnte förmlich spüren, wie ein »Herzliches Beileid« Erics Zunge kitzelte, aber er war Gott sei Dank in der Lage, sich diese Spitze zu verkneifen.

»Und von dieser Tatsache einmal abgesehen, haben Sie heimlich, mit Hilfe eines privaten Ermittlers, Nachforschungen über Sarah Urban, die nachweislich Ihre Großnichte war, angestellt. Außerdem, und das ist wohl das Interessanteste in diesem Zusammenhang, haben Sie, Herr Weiler, mit der jungen Dame telefoniert, als sie noch am Leben war und sie über die verwandtschaftliche Verbindung im Unklaren gelassen. Man könnte es auch anders formulieren ... Sie haben sie angelogen!«

Gleich kippt er aus den Latschen. Sissy hatte die ganze

Zeit während Erics Monolog, Großvater und Enkel fest im Blick gehabt und bemerkt, wie sich das Gesicht von Hans Weiler langsam ins Gräuliche färbte.

Was ihr allerdings ebenfalls nicht entgangen war, war die fast asiatisch anmutende, starre Mimik von Christoph Benz, dessen freundliche Miene wie aufzementiert wirkte.

Der Alte sog scharf die Luft zwischen den Zähnen ein. Der Junge schüttelte verständnislos den Kopf.

Er war es auch, der als Erster wieder das Wort ergriff.

»Wie kommen Sie nur auf all diese Dinge?«

Er weiß, dass das Spiel aus ist, dachte Sissy.

Man konnte deutlich hören, wie Christoph Benz seine joviale Freundlichkeit und Selbstsicherheit zu verlieren drohte.

»Die von ihnen beauftragte Detektei war so nett, uns über die Sachlage in Kenntnis zu setzen. Leugnen ist also zwecklos.«

Sissy musste sich ein Schmunzeln verkneifen. Naja, nicht so ganz freiwillig, du kleiner Heuchler.

»Ich wusste doch gleich, dass dieser Halunke nichts taugt«, entfuhr es Hans Weiler.

Auweia, jetzt haben wir uns aber verplappert. Sissy führte den Kampf gegen ihre zuckenden Mundwinkel fort. Wenn der Alte so weitermacht, wird er Eric am Ende noch sympathisch. Ich fühle mich, als hätte ich einen Clown gefrühstückt. Wahrscheinlich lässt der Schock langsam nach ... hoffentlich krieg ich keinen Lachkrampf. Christoph Benz hatte unterdessen kapituliert.

»Also gut. Ja, es stimmt. Wir haben einige Erkundigungen

eingeholt, über … sie.«

Er machte eine Pause, schaute kurz zu seinem Großvater und sprach dann etwas hastiger weiter.

»Man will schließlich wissen, mit wem man es zu tun hat, wenn sich die Familie so überraschend … ähm, wie soll ich das jetzt formulieren? Vergrößert?«

»Ja natürlich«, Erics Stimme triefte nur so vor Ironie. »Das will man.«

Dann fuhr er unwillkürlich in normalem Ton fort.

»Aber Sie entschuldigen schon, dass wir uns darüber wundern, dass Sie Sarah Urban nicht einfach persönlich kontaktiert haben, um sie kennen zu lernen. Noch dazu wo ihr Großvater sie ja bereits am Telefon gehabt hatte.«

»Mmmh, tja … also …«

Sissy hatte schlagartig die Nase voll von diesem »Rumgeeier«.

Sie streckte sich ein wenig und holte Luft.

»Meine Herren, ich denke wir können die Sache an dieser Stelle etwas abkürzen. Es ging um den Nachlass von Charlotte Weiler. Sie hätten alles verloren, weil Sarah Urbans Kind Alleinerbe des gesamten Vermögens Ihrer Familie, sowie des Verlages gewesen wäre. Richtig?«

Eric warf ihr einen erstaunten Blick zu.

Aber Sissy bemerkte es nicht. Sie dachte nur daran, so schnell wie möglich diesem Haus und seinen teils militanten, teils verlogenen Bewohnern, zu entkommen.

Und sie sehnte sich plötzlich unglaublich nach einer heißen Dusche, Rotwein, Freundin und Kaminfeuer.

DER GUTE DORNFELDER

Drei Stunden später war der erste von Sissys Wünschen, die heiße Dusche, in Erfüllung gegangen.

Wie recht Charlotte Weiler doch hatte. Manchmal sind aller guten Dinge nicht drei, sondern vier. Dann lass ich mal Taten folgen, dachte sie, während sie, mit einem bauchigen, halbvollen Glas köstlichen Württemberger Dornfelders in der einen Hand, mit der anderen die Tür ihres Kaminofens öffnete, um ihn mit Holz zu füttern.

Sie garnierte die Scheite mit drei Bio-Anzündern und kurze Zeit später wurde ihre Wohndiele zu einer urgemütlichen, in warmes Flammenlicht getauchten Wohlfühl-Insel für eine fast erschossene Kriminalhauptkommissarin sowie eine ultra-gestresste, just ins Ländle heimgekehrte Chefstewardess.

»Oh Mann, Schnecke! Sei so gut und such dir eine Wohnung im Erdgeschoss!«

Die Erfüllung des vierten Wunsches in Gestalt ihrer Freundin Anna Scheurer schnappte nach Luft und kurz darauf nach Sissy, um sie an sich zu drücken.

Es waren immer die gleichen Kommentare, die sie zu hören bekam, wenn sie ihre prustenden, hechelnden Besucher an der Wohnungstür in Empfang nahm.

Die vierte Etage Altbau brachte die meisten Menschen konditionell an ihre Grenzen.

Sissy drückte Anna lachend an sich.

»Aber du weißt doch ...«

Und gleichzeitig prusteten sie los: »Die tolle Aussicht ...«

»Hallo Mäusle. Arg schön, dass du da bist!«

Eine Stunde und eine Flasche leckeren, schwäbischen Rebensaftes später, lagen sich zwei leicht angeheiterte Stuttgarter Mädels auf zwei alten, englischen Ledersofas gegenüber.

»Das ist ja echt heftig. Dann habt ihr euch quasi, mehr oder weniger umsonst, fast über den Haufen schießen lassen.«

»Ja, so kann man das sehen. Bahnbrechende Neuigkeiten haben wir in der Villa Weiler nicht erfahren. Aber das konnten wir ja vorher nicht wissen. Und wer hätte ahnen können, dass da gleich ein verrückt gewordener Tattergreis mit der Flinte auf uns losgehen würde. Na ja, wenigstens wissen wir jetzt, wo die vier Familienmitglieder waren, in der Nacht des Mordes. Das müssen wir allerdings noch überprüfen. Außerdem mussten wir uns ja vergewissern, ob das, was Heiko herausgefunden hat, auch der Wahrheit entspricht.«

»Zum Thema Heiko komme ich gleich noch ...«

Oh no, dachte Sissy. Hätte ich bloß die Klappe gehalten. Das ist echt nicht mein Lieblings-Gesprächsthema.

»... aber erst will ich wissen, wie es dir geht. Es wird schließlich selbst auf dich nicht jeden Tag geschossen.«

Sissy nahm einen großen Schluck Wein, bevor sie antwortete.

»Ach ganz okay soweit. Klar, lustig war das nicht, keine Frage. Aber irgendwie hab ich es ganz gut weggesteckt. Wahrscheinlich liegt das mit daran, dass der Alte so alt ist.«

Sie kicherte.

»Ich glaube, ich hab schon leicht einen im Tee … außerdem hatte er es ja nicht auf uns persönlich abgesehen. Ich denke, es fühlt sich nochmal völlig anders an, wenn dir jemand ganz gezielt nach dem Leben trachtet. Und was echt gut getan hat, war die Reaktion vom Chef. Als wir ins Präsidium zurück gekommen sind, hat er sich gleich um uns gekümmert, gefragt wie es geht und ob wir zum Psychologen wollen oder ein paar Tage frei nehmen möchten.«

»Na das ist ja wohl auch das Mindeste!«, kam es von der gegenüberliegenden Couch.

»Eine Gehaltserhöhung hat er nicht angeboten?«

»Leider nein. Gute Idee eigentlich. Ich frag ihn morgen gleich mal. Prost!«

»Cheers, big ears!« erwiderte Anna, hob ihr Glas, trank und seufzte danach laut.

»Aaaah, der gute Dornfelder … apropos – mal was völlig anderes. Dazu kann ich dir eine lustige Geschichte erzählen, die ich heute auf dem Flug von Paris zurück erlebt hab. Sitzt da in der ersten Reihe so ein superduper Vielflieger, ein Franzose, und will ein Glas Rotwein von mir. Du weißt doch wie stolz die Grand Nation auf ihre Weine ist. Dass es in anderen Ländern auch ganz passable Tropfen gibt, ignorieren die Herrschaften ja ganz gern mal. Wir haben aber zur Zeit diesen total leckeren, deutschen Dornfelder an Bord und da konnte ich nicht widerstehen ... ich hab ihm eingeschenkt, ohne dass er das Etikett sehen konnte. Als ich zurück kam, wollte er noch ein Glas und fing vollmundig an, den guten Wein zu loben. Es kam wie erwartet. Er sagte, das wäre doch bestimmt ein französischer. Ha! Da hab ich ihn aber zum Staunen gebracht. Ich hab ihn aufgeklärt und ihm die Flasche gezeigt. Er hat getan, als würde er gerade das achte Weltwunder erleben. Ein guter deutscher Rotwein. Ja wo gibt es denn so was ...«

Anna grunzte missbilligend.

»Kannst Du das glauben? Die sind so dermaßen überzeugt von sich, da fällt einem wirklich nichts mehr ein dazu.«

Sissy grinste.

»Manchmal bist du schon so eine kleine Hexe, gell!?«

»Moi?«, war die gespielt entrüstete Antwort, und sie brachen in Gelächter aus.

Nachdem sie beide wieder halbwegs ernst waren, sagte Anna: »In dem Job musst du dir so kleine Gemeinheiten ab und zu gönnen, sonst kriegst du irgendwann einen Vogel.«

»Na dann trinken wir nochmal auf den guten Dornfelder.«

»Ooooooohhh Gooottt!«, war Annas geplärrte Antwort.

Sissy zuckte zusammen.

»Was ist denn passiert?«

»Katastrophe! Mein Glas ist leer ...«

Sissy zog eine Grimasse, stand auf, murmelte: »Du Nuss, du«, und ging eine neue Flasche holen.

Als sie aus der Küche zurück kam, hielt Anna ihr bereits das Glas entgegen.

Sissy nahm eine Hand hinter den Rücken, verbeugte sich leicht und näselte: »Noch etwas Wein, gnädige Frau?«

»Das wurde aber auch Zeit. Ich bin schon halb verdurstet. Ich hoffe, es ist ein guter deutscher und nicht wieder so eine untrinkbare, französische Plörre, wie die, mit der sie hier letzte Woche meinen sensiblen Gaumen gequält haben ...«

Sissy lachte und schenkte ein.

Als sie ihr eigenes Glas ebenfalls gefüllt hatte und wieder auf dem Sofa lümmelte, kam, wovon sie gehofft hatte, es wäre in rotweinseelige Vergessenheit geraten.

»Also, dann erzähl mal ... was ist mit Heiko, den du noch nie so genannt hast, weil du ihn normalerweise als Beulenpest oder Schlimmeres titulierst? Und lass nichts aus! Ich will alle schmutzigen Details hören.«

Sissy seufzte. Dann fing sie an zu erzählen.

STILLSTAND

Am nächsten Morgen saß ein leicht lädiertes Fräulein Ulmer neben ihrem Kollegen Eric Jahn im Konferenzraum des Stuttgarter Polizeipräsidiums.

Sie dachte neidvoll und müde an ihre Freundin, die vermutlich noch selig schlummernd im Gästezimmer lag und ihren Rausch ausschlief, während Eric die teils neugierigen, teils entrüsteten Fragen der Anwesenden, zu den Ereignissen des Vortages beantwortete.

Der große Zeiger der Wanduhr näherte sich langsam aber stetig seiner senkrecht nach unten weisenden Halbestunden-Markierung.

In dem Moment, als er exakt auf diese Position sprang, um zu signalisieren, dass es acht Uhr dreißig war, wurde das bereits leiser gewordene, allgemeine Gemurmel durch ein lautes Räuspern, das vom Kopfende des Tisches kam, jäh beendet.

»Guten Morgen allerseits!«, eröffnete Dr. Staudt in gewohnt geschäftiger Manier die Besprechung.

»Mittlerweile sind ja alle im Bilde, über den gestrigen Vorfall in der Villa Weiler sowie den neuesten Stand der Ermittlungen. Zunächst möchte ich mich noch einmal ganz herzlich bei den Kollegen Ulmer und Jahn bedanken, dass sie trotz der gestrigen Ereignisse heute ihren Dienst angetreten haben, was beileibe keine Selbstverständlichkeit ist.«

Er warf einen wohlwollenden Alligatoren-Mama-Blick in Richtung Sissy und Eric.

»Nichts desto trotz, lassen Sie beide es mich bitte jederzeit wissen, falls Sie merken sollten, dass Sie den Einsatz unter Beschuss doch noch nicht so richtig verkraftet haben. Erfahrungsgemäß dauert es manchmal einige Zeit, bis solche Erlebnisse an die Oberfläche dringen.«

Der Alligator in Chefgestalt machte eine Pause, um fortzufahren, nachdem Sissy und Eric zustimmend murmelnd genickt hatten.

»Meiner Einschätzung nach, haben wir zwar einige Fortschritte in den Ermittlungen erzielt. Was mich jedoch beunruhigt – immerhin sind seit der Tat bereits vier Tage vergangen – ist der Umstand, dass wir zwar jede Menge Verdächtige und Motive haben, aber nicht eine einzige, wirklich heiße Spur.

Da hat er leider Recht, dachte Sissy.

»Die Staatsanwaltschaft macht Druck, und die Presse ... nun ja, was soll ich sagen? Sie haben wahrscheinlich alle den Artikel in der Stuttgarter Zeitung von heute gesehen.«

Allerdings. Bei dem Gedanken daran verfinsterte sich Sissys Miene noch mehr, und sie dachte grimmig an die reißerische Schlagzeile, die ihr in der S-Bahn, vom lesenden Fahrgast vis-à-vis, entgegen gesprungen war.

»Killesberg-Mord immer noch ungeklärt.« Und darunter: »Polizei tappt im Dunkeln. Wie sicher ist Stuttgarts teuerstes Wohnviertel?«

Dr. Staudt warf einen Blick in die Runde, der gleichermaßen Strenge sowie Besorgnis erkennen ließ.

»Das bedeutet, wir müssen noch schneller, noch tiefer und vor allem noch gründlicher graben, Herrschaften. Wir brauchen Ergebnisse. Und zwar schnell!«

Ringsherum im Raum erhob sich eine orale Mixtur aus halblautem Protestgemurmel, stellenweiser Zustimmung und schwermütigem Geseufze.

Kaum war wieder Ruhe eingekehrt, ging alles sehr schnell. Die Aufgaben wurden verteilt, Dr. Staudt beendete die Besprechung und unmittelbar danach rutschten diverse Stuhlbeine hörbar unsanft aus ihrer bisherigen Position. Als Sissy und Eric gerade dabei waren, als fast Letzte den Chatroom zu verlassen, trat von hinten eine große Gestalt an sie heran.

»Wie gesagt ... ich bin jederzeit erreichbar für Sie. Lassen Sie es mich bitte wissen, falls ich irgendetwas tun kann.«

Ein erneuter, wohlwollender Reptilienblick folgte, dann war Dr. Staudt auch schon halb von der Dunkelheit des langen Flurs verschluckt worden.

Eric und Sissy schauten sich an.

»Erst mal Büro?«, fragte er.

»Erst mal Büro!«, war die Antwort.

Die Kaffeemaschine blubberte bereits, als Eric die große, rollbare Pinnwand hinter der Tür hervor zerrte.

»Was wird das?«, fragte Sissy mit hochgezogener Augenbraue.

»Ich brauch mal was Visuelles.«

»Aha ...«

Eric kruschtelte aus der untersten Schublade seines Schreibtisches rechteckige, verschiedenfarbige Pappkarten heraus und fing an, diese mit einem dicken schwarzen Edding zu beschriften.

Sissy verfolgte schweigend das geschäftige Treiben ihres Kollegen. Nach einer Weile stand sie auf und goss Kaffee in zwei Becher. Sie schickte ihrem einen Schluck Milch hinterher, in Erics Tasse ließ sie drei Stücke Würfelzucker plumpsen.

Sie trat neben ihn, gab ihm den Becher und setzte sich wieder auf ihren Platz.

Eric trank einen kleinen Schluck, stellte die Tasse jedoch sofort danach wieder ab und kritzelte weiter auf die bunten Karten ein.

Sissy hielt ihre Tasse in beiden Händen und beobachtete ihn.

Ab und zu lugte seine Zungenspitze aus den konzentriert-zusammengepressten Lippen hervor. Ein Teil seines dunklen, dichten Haarschopfes fiel ihm immer wieder in die Stirn, so dass er mehrfach ungeduldig den Kopf nach hinten warf. Durch das enganliegende, schwarze Langarm-Shirt, das er trug, zeichnete sich sein wohlgeformter Oberkörper ab.

Also dich würde auch so manches Fräulein nicht von der Bettkante ... STOPP! Das ist dein Kollege!

Eric hatte plötzlich sein geschäftiges Tun unterbrochen und sah sie an.

Ich glaube das jetzt nicht ... Mist!

»Was ist denn mit dir los? Alles okay? Du bist ja ganz rot im Gesicht.«

»Äääähhh, gar nichts. Was machst du denn da eigentlich? Möchtest du mich nicht mal aufklären?«

»Ja, Momentele, bin gleii fertig.«

Und wenn du dann noch mit deinem norddeutsch-schwäbischen Kauderwelsch anfängst, könnte ich dich an Ort und Stelle auffressen ...!

Mann oh Mann, was ist denn mit mir los? Ich glaub, ich geh gleich mal in den Fitness-Keller und nehm eine kalte Dusche.

»So. Pass auf.«

Eric pinnte, nach und nach, die von ihm beschriebenen Karten an die Stellwand.

Auf der obersten stand der Name Sarah Urban, daneben heftete er eine Rosafarbene, auf der die Worte »Das Kind« zu lesen waren.

Dann folgten, nach unten hin Karten mit den Namen Hans Weiler, der drei Benzens, jeweils die Namen Johanna und Giesbert Mey sowie eine Karte mit Vater und Fragezeichen dahinter und eine weitere, auf der nur ein Fragezeichen zu sehen war.

Links und rechts dieser Anordnung, die wie ein Familienstammbaum anmutete, befestigte er vier Papierstücke in grellgelb gehalten, auf denen zu lesen war »Eifersucht«, »Geld«, »Verletzte Gefühle« und erneut »?«.

Als er fertig war, trat er einen Schritt zurück und stand somit direkt neben Sissy.

Er betrachtete sein Werk und schaute dann, da sie saß,

auf sie herab.

»Also, was meinst du? Das sind alle Verdächtigen und alle Motive. Oder hab ich noch irgendetwas vergessen?« Sissy wendete rasch ihren Blick von ihm ab und heftete ihn auf die Stellwand.

»Joah, das sieht soweit gut aus. Was haben die Karten mit den Fragezeichen zu bedeuten?«

Der sonst in sich ruhende, gelassene Eric war so von Eifer beseelt, dass er die immer noch vorhandene, seltsame Verlegenheit seiner Kollegin nicht bemerkte.

»Ich habe da so ein Gefühl ... wie der Schober neulich, weißt du noch? Als er hier im Büro gesagt hat, er glaubt nicht, das die Meys die Wahrheit sagen. Und er hatte recht, wenn auch anders, als zunächst vermutet. Ich spüre, da gibt es eventuell noch andere Aspekte, Verdächtige und Motive, von denen wir noch nichts wissen ... deshalb die Fragezeichen. Ich möchte das nicht außer Acht lassen. Schnelle Ergebnisse hin oder her ...«

Sissy, die sich nun endlich wieder gefangen hatte, merkte, wie sie langsam von Erics Gedankenspielen angesteckt wurde.

»Ja, du hast recht. Ich habe auch den Eindruck, da wabert irgendetwas im Hintergrund, von dem wir noch nicht die geringste Ahnung haben.«

Eric nahm seine Kaffeetasse und setzte sich, den Blick fest auf die bunten Karten geheftet, an seinen Schreibtisch. Sie schwiegen beide einige Minuten und hingen ihren Gedanken nach.

Ein doppeltes »Pling« unterbrach plötzlich die Hirnstromgeschwängerte Stille.

Sissy und Eric schauten auf ihre Bildschirme und klickten gleichzeitig den Posteingang an.

Die Nachricht war von ihrem Kollegen Kai Diesner, der die Aufgabe gehabt hatte, die Alibis von Hans Weiler, sowie Theresa, Werner und Christoph Benz zu überprüfen. Der erste Kommentar kam von Eric.

»Ja toll. Das bringt uns jetzt auch wieder keinen einzigen Schritt weiter. Das ist doch zum Mäuse melken ...«

Sissy, die noch gelesen hatte, da ihr Kopf erst allmählich mit dem Schlafmangel der letzten Nacht zurecht kam, schaute ihn über den Bildschirm hinweg an.

»Der Alte war also Zuhause und wurde das letzte Mal gegen zehn vom Personal gesehen, als er sich zurückgezogen hat. Die Formulierung hat Diesi wörtlich übernommen, da wett ich drauf. Christoph Benz war bis zirka vier Uhr morgens im legendären Schwulen und Lesben-Club KC, wo er auch gesehen wurde. Allerdings nicht permanent, so dass er sich durchaus auch mal für eine Stunde hätte verdrücken können. Vom KC zur Villa Mey braucht man mit dem Auto zirka eine Viertelstunde. Das hätte locker gereicht ...! Und seine Eltern waren essen, haben das Restaurant aber um dreiundzwanzig Uhr dreißig verlassen. Damit hätten sie ebenfalls die Zeit gehabt, um zum Killesberg zu fahren und Sarah Urban umzubringen. Schöner Mist ...«

Ein weiteres Doppel-Pling unterbrach Sissys unfein endendes Resümee.

Dieses Mal war die Nachricht vom dream-team

Schwämmle/Schober.

Sie hatten im Belveder recherchiert, ob irgendjemand etwas von einer weiteren Beziehung Sarah Urbans wusste und hatten, zumindest diesbezüglich, Erfolg gehabt.

»Und dieser britische Geschäftsmann, mit dem sie sich, immer wenn er in der Stadt war, getroffen hat, ist nicht liiert, wusste von ihrer Schwangerschaft und hat glaubhaft versichert, dass er bereit war, sie finanziell auf das Großzügigste zu unterstützen. Außerdem war er zur Tatzeit nachweislich in London. Das gibt es doch alles gar nicht!«

Eric stöhnte und vergrub dann den Kopf in seinen Händen.

Sissy lugte vorsichtig an ihrem Bildschirm vorbei und betrachtete ihn.

Ein lautes Knurren ihres Magens verhinderte jedoch abrupt einen neuerlichen Anflug von Büro-Geknister.

»Ups ...«, kommentierte Sissy das Geräusch.

Erics Kopf schnellte hoch und er brach in Gelächter aus.

»Dein Bäuchle hat ja so recht. Fast schon eins! Komm, lass uns in die Kantine gehen. Vielleicht haben wir ja Glück, und uns erlöst eine handfeste Salmonellen-Vergiftung von unseren Qualen.«

Kurze Zeit später balancierten Sissy und Eric ihre Tabletts, die jeweils mit einer Portion Fleischküchle und Kartoffelsalat sowie einem Glas Sprudel beladen waren, durch die vollbesetzten Tischreihen.

Ganz am Ende der Kantine, etwas versteckt hinter einer riesigen Fächerpalme, entdeckten sie die Kollegen, die größtenteils schon vor leeren Tellern saßen. Dr. Staudt und Herbert Hämmerle fehlten.

»Mahlzeit«, murmelte Eric und setzte sich.

Sissy nahm auf dem freien Stuhl Platz, den Sabrina Schönleber neben sich für sie zurechtgerückt hatte.

»Unsere Premium-Kaste speist aushäusig«, beantwortete Sabrina die nicht gestellte Frage.

Sissy gab nur ein undeutliches Grunzen von sich, während Eric anfing, seine Mahlzeit eher einzuatmen, als sie in normalem Tempo zu sich zu nehmen. Auch Sissy merkte kurz darauf, als sie zu essen anfing, wie ausgehungert sie war.

Deshalb nahm sie die bleierne Stille am Tisch erst wahr, als sie, begleitet von einem lauten: »Puh, das hat gut getan!«, ihr Besteck auf den leeren Teller legte.

Sie blickte in die Runde.

Ist das jetzt nur die Verdauungs-Müdigkeit ...?

Es war Kai Diesner, der, wie so oft, mit nur einem einzigen Satz, die Dinge auf den Punkt brachte.

»Wir stecken fest.«

Die Frustration, die am Tisch herrschte, war fast mit Händen greifbar.

Sissy schaute sich der Reihe nach die Kollegen an.

Plötzlich fiel ihr auf, wie abgespannt sie alle aussahen.

Es ist doch immer wieder faszinierend, wie wir es bei jedem Fall aufs Neue schaffen, uns vorzumachen, wir hätten so etwas wie eine professionelle Distanz zur Arbeit. Und dann kommt mit todsicherer Regelmäßigkeit der Punkt, an dem wir merken, dass wir uns selbst belügen.

Eric riss sie aus ihren Gedanken.

»Diesi hat Recht. Im Moment sieht alles ein bisschen nach Sackgasse aus. Ich schlage vor, ihr kommt alle mal mit in unser Büro. Ich möchte euch etwas zeigen.«

Wie durch Zauberhand war die bleierne Stille gebannt, und innerhalb weniger Sekunden war der Tisch des Morddezernats nur noch ein leeres Möbelstück, das darauf wartete, von der fleißigen, bereits in einem anderen Teil des Raumes tätigen Putzhilfe, abgewischt zu werden. Der Rest des Arbeitstages spielte sich in Sissy und Erics Büro ab.

Eric erklärte sein Karten-Konstrukt an der Pinnwand. Es wurde diskutiert, es wurden Fragen gestellt, teils neue, teils alte.

Es wurde geschwiegen, gegrübelt und wieder diskutiert.

Die Kaffeemaschine war im Dauerbetrieb und die Luft im Zimmer, das viel zu klein war für diese große Personenanzahl, hätte man nach einer Stunde in Scheiben schneiden können.

Sissy öffnete irgendwann das linke Fenster auf Kippstellung, setzte sich auf den Sims und zündete sich eine Zigarette an.

Obwohl im Präsidium, abgesehen von einem einzigen Raum, das Rauchen strengstens verboten war, störte sich niemand daran.

Drei Stunden, viele Tassen Kaffee und einige, illegal gerauchte Glimmstengel später, verabschiedeten sich alle voneinander in den Feierabend.

Sissy riss das Fenster nun ganz auf, während Eric die

Pinnwand hinter die Tür zurück schob.

»Na ja, viel gebracht hat es wohl nicht. Oder was meinst du?«

Sissy drehte sich zu ihm um und hechtete mit einem filmreifen Sprung zu ihrem Schreibtisch, um einen Papierstapel vom flügge werden abzuhalten.

Nachdem sie die Lage im Griff hatte, antwortete sie.

»Doch, ich finde schon. Immerhin wissen wir jetzt, dass wir nichts wissen.«

Eric reagierte mit einem Gesichtsausdruck, der an den Biss in eine Zitrone erinnerte.

»Spässle!«, sagte Sissy schnell. »Nein, im Ernst. Das war wichtig und gut, das wir mal in Ruhe und ohne den Oberboss, ein bisschen gebrainstormt haben. Ich hab das Gefühl, das hat frischen Wind in unsere grauen Zellen geblasen.«

Falls ich nach dem gestrigen Abend noch über welche verfüge, dachte sie bei sich.

Die Zitrone war aus Erics Gesicht verschwunden und der Müdigkeit gewichen.

»Ich hoffe, das stimmt. Ich fühle mich irgendwie so leer.«

Sissy ging zu ihm und nahm in den Arm.

»Ach Hase, komm mal zu Mama. Alles wird gut!«

Auch nach zehn Stunden Dienst plus Aufenthalt in der Kantine sowie drei Stunden im inoffiziellen Raucherzimmer, duftete er immer noch wie frisch geduscht.

Sissy schob ihn schnell wieder von sich weg.

Eric sah sie überrascht an.

»He! Ich war noch nicht fertig mit kuscheln.«

Sie musste lachen, als er sie nun seinerseits an sich drückte. Hoffentlich hört er nicht, wie laut mein Herz klopft, dachte sie, und knuddelte zurück.

DAS DOPPELTE LOTTCHEN

»Eine Zwillingsschwester! Ja, wie hätten wir darauf auch kommen sollen?«

Sabrina Schönleber schüttelte ihren dunkel gelockten, überrascht aussehenden Kopf. Es war Freitag, elf Uhr, und die gesamte Abteilung der Mordkommission hatte sich zu einer außerordentlich anberaumten Sitzung im Chatroom versammelt.

Der morgendliche Novembernebel hatte den Stuttgarter Talkessel noch fest im Griff gehabt, als Sissy und Eric morgens, gegen acht Uhr unterwegs gewesen waren, um noch einmal zum Killesberg, zur Villa der Meys zu fahren. Dort angekommen, hatten sie eine Person, die sie zu kennen glaubten, aus dem Haus kommen sehen. Die Frau war im Begriff, in einen teuren Sportwagen zu steigen, hinter dem sie soeben ihr Dienstfahrzeug abgestellt hatten.

»Guten Morgen Frau Mey.«

Eric war auf die Autotür zugegangen, und hielt sie fest, bevor sie von innen geschlossen werden konnte.

Sissy war ihm gefolgt und stand jetzt neben ihm.

Deshalb konnte sie auch gut die erstaunte Reaktion, der soeben Angesprochenen miterleben.

»Ähm, guten Morgen ... Wie bitte? Ach nein. Sie verwechseln mich bestimmt mit meiner Schwester. Burkhard ist mein Name. Julia Burkhard. Johanna ist im Haus. Einen schönen Tag für sie. Ade.«

Die Autotür, die Eric aus Überraschung losgelassen hatte, wurde zugeschlagen, und nachdem ein tiefes Brummgeräusch ertönt war, standen er und Sissy in einer dicken Abgaswolke.

Er kann manchmal auch ganz schön dämlich aussehen, dachte Sissy, als sie Erics heruntergeklappten Kiefer sah, bis ihr klar wurde, dass sie exakt den selben Gesichtsausdruck hatte.

Nachdem ihre beiden oberen und unteren Mundknochen wieder zueinander gefunden hatten und sie gleichzeitig auch wieder atmen konnte, hatte sie, für die frühe Uhrzeit und die mondäne Umgebung viel zu laut gebrüllt: »Was ist DAS denn? Ich glaub, ich spinne ...!«

Eric nahm ihre Ellbogen in seine Hände und drehte sie zu sich.

»Das, meine liebe Kollegin, nennt man ein geplatztes Alibi. Die Mey hat eine Zwillingsschwester. Komm!«

Eine Minute später saßen sie wieder im Auto und hielten Kriegsrat.

Sissy schlang fröstelnd die Arme um sich, da die Anfahrtswärme sich bereits verflüchtigt hatte und die kalte Novemberluft ins Wageninnere drängte.

»Was machen wir jetzt?«, fragte sie mit klappernden Zähnen.

Eric hatte beide Hände auf das Lenkrad gelegt und schaute

nach vorn, ins Leere.

»Gute Frage.«

»Ich weiß, Hase. Ich stelle immer gute Fragen. Kannst du mir nur bitte einen Gefallen tun und, solange wir nachdenken, um den Block fahren? Ich erfriere nämlich gleich.«

Schweigend startete er den Motor.

Die Straße schraubte sich serpentinenförmig bergauf. Die Sonne, die in dieser Höhenlage deutlich leichteres Spiel hatte, die Herrschaft über den Nebel zu erlangen, knallte plötzlich wie ein Radargerät durch die Windschutzscheibe. Sissy und Eric klappten synchron die Blenden herunter. Als sich ihre Augen wieder halbwegs erholt hatten, rief Sissy: »Stopp! Halt mal da vorne an. Da ist ein Bäcker.«

Zehn Minuten später saßen sie kauend auf einer Bank, unterhalb des Bismarckturmes, und betrachteten die Stuttgarter Innenstadt, die sich langsam aus den Dunstschichten in den Tag schälte.

Sissy spuckte ein paar Brezelkrümel ins braun gewordene Wintergras vor ihr, als sie anfing zu sprechen.

»Ja, klar. Wer ein Zwillingsgeschwister hat, kann theoretisch an zwei Orten gleichzeitig sein. Aber ob das stimmt und vor allem, warum das so passiert sein könnte, wissen wir nicht.«

»Ganz genau. Wir wissen nicht, ob das stimmt. Aber hast du nicht auch so ein Gefühl, dass wir ganz dicht dran sind, an der Lösung? Also bei mir kribbelt's, als würde ich in einem Ameisenhaufen sitzen ...«

»Na das stimmt ja auch. Schau mal ... da, unter dir ...«

Eric sprang mit einem Satz von der Bank und Sissy verschluckte sich unmittelbar und lebensbedrohlich an ihrem letzten Brezelstück, als sie zu lachen anfing.

»Du freches Ding! Das hast du jetzt davon. Kleine Sünden bestraft der liebe Gott sofort.«

Er trat neben sie und versuchte, durch sanftes Klopfen auf ihren Rücken, ihre Atemwege wieder frei zu bekommen.

Die Tränen rannen ihr nur so über das Gesicht.

Als sie wieder Luft bekam, japste sie: »Sorry, aber das war eine allzu verlockende Steilvorlage.«

»Ja ja, mach du so weiter ... irgendwann leg ich dich mal übers Knie.«

Als sie wieder im Auto saßen, hatten sie alles weitere besprochen.

»Na dann, Kollegin Maulwurf ... lass uns graben gehen«, sagte Eric und fuhr los.

Zwei Stunden später, antwortete Sissy im Besprechungsraum auf Sabrinas Ausruf.

»Ja, da hast du Recht. Wir hätten schon einen Hellseher in unseren Reihen haben müssen, um darauf zu kommen. Aber vielleicht denken wir ja bei zukünftigen Fällen nochmal an diese Möglichkeit ...«

»Jajaja, Fräulein Ulmer«, unterbrach sie ein ungeduldiger Dr. Staudt. »Herr Jahn, bitte fahren sie fort. Wie sind Sie weiter vorgegangen?«

Ah, the »Fräulein« is back, grummelte Sissy im Stillen in sich hinein.

»Wir haben nochmal die Nachbarn abgeklappert.«

Dr. Staudt zog eine Augenbraue hoch und wollte etwas sagen, doch Eric sprach einfach weiter.

»Die sind zwar natürlich direkt nach der Tat alle befragt worden, allerdings nur im Bezug darauf, ob jemand etwas gesehen oder gehört hat und so weiter. Das Übliche halt. Wir haben uns heute morgen ausschließlich auf konkrete Fragen, die Johanna und Giesbert Mey betreffen, konzentriert.

Die Abstände zwischen den Häusern sind ja in dieser Gegend relativ groß und die Häuser stehen, bedingt durch die Hanglage, eher unter- und übereinander, als in einer Reihe, aber trotzdem, das haben wir sehr schnell gemerkt, ist die Nachbarschaft alles andere als anonym.«

Allerdings. Schlimmer als jedes Kuhkaff, ging es Sissy durch den Kopf, bei dem Gedanken an die letzten beiden Stunden.

»Was natürlich auch ganz hilfreich war ... in dieser Preisklasse ist die Fluktuation der Bewohner relativ gering. Das heißt, man kennt sich meist Jahre, beziehungsweise Jahrzehnte lang, quasi seit Generationen ...«

»Herr Jahn. Das ist ja alles hochinteressant, aber seien Sie doch bitte so freundlich und kommen Sie zum Punkt.«

Endlich kriegt auch mal jemand anders einen Anschiss. Es geht also doch nicht nur immer auf die kleinen Dicken. Schön, dass es noch Gerechtigkeit gibt, dachte Sissy, verzog dabei jedoch keine Miene.

Eric ließ sich vom ungeduldigen Antreiben des Chefs nicht aus der Ruhe bringen.

»Wir haben uns Haus für Haus durchgefragt. Es gab mehrere Nachbarn, die gewisse Dinge über die Meys wussten, wie zum Beispiel, dass die Ehe alles andere als glücklich, dass Giesbert Mey nicht gerade der treuste Mann der Welt war, dass Johanna Mey sich immer Kinder gewünscht hatte, es aber nie geklappt hat und so weiter.«

Er unterbrach sich und schaute nach links zu Sissy.

Sie räusperte sich kurz, dann fuhr sie fort.

»Die meisten Informationen waren nicht wirklich neu. Das mit der Untreue wussten wir ja bereits. Und dass die sich vermutlich nicht gerade positiv auf die Ehe der Meys ausgewirkt hat, kann man sich auch denken. Das mit dem unerfüllten Kinderwunsch von Johanna Mey kam uns zwar zum ersten Mal zu Ohren, erschien uns zunächst aber auch nicht so wichtig zu sein. Dann sind wir jedoch, in der Villa, die rechts oberhalb der der Meys liegt, auf eine Frau gestoßen, die Johanna Mey wirklich nahe gestanden zu haben scheint. Petrulla von der Heide, ja, sie heißt wirklich so ...«

Ein belustigtes Raunen ging durch den Raum, erstarb jedoch relativ rasch wieder, da erstens alle hören wollten, was Sissy und Eric herausgefunden hatten und zweitens, weil Dr. Staudt einen seiner legendären »Krokodil sitzt vor der Beute«-Blicke in die Runde warf.

»... konnte uns ein umfassendes Bild von der ganzen Situation geben. Sie hat schon als Kind viel Zeit mit Johanna

Mey verbracht, sie haben dieselbe Schule besucht und waren später oft zusammen im Stuttgarter Nachtleben unterwegs gewesen. Wir haben sie dann gefragt, ob sie sich als ihre beste Freundin bezeichnen würde.

Daraufhin sagte sie sehr klar und sehr deutlich, dass sie Johanna zwar relativ gut kennt, dass der Platz der besten Freundin in deren Leben jedoch schon von Geburt an vergeben gewesen wäre. Nämlich an ihre Zwillingsschwester Julia.«

Sissy blickte zu Eric, der postwendend das Wort ergriff.

»Wir hatten ja Gelegenheit, uns heute morgen davon zu überzeugen, wie ähnlich sich die beiden sehen. Sie sind, laut Aussage der Nachbarin, auch emotional sehr stark verbunden. Allerdings gibt es zwischen den Schwestern zwei gravierende Unterschiede. Der Erste ist, dass Julia Burkhard eine Tochter hat und der Zweite, dass Johanna Mey unheilbar krank ist. In ihrem Kopf sitzt ein inoperabler Gehirntumor. Sie wusste, dass sie nicht mehr lange zu leben hat.«

Ein erstaunlich kurzes »Oha!«, entschlüpfte dem sonst so losen Mundwerk von Wolfgang Faul.

Eric überhörte es einfach und fuhr fort.

»Frau von der Heide hat uns darüber hinaus, glaubhaft versichert, dass außer ihr selbst und Julia Burkhard, niemand etwas über den Gesundheitszustand von Johanna Mey weiß. Auch nicht deren Ehemann. Außerdem erzählte sie uns, dass Johanna Mey sich seit Jahren hatte scheiden lassen wollen, dies aber immer wieder vor sich hergeschoben hat.«

Eric unterbrach sich selbst und schielte auf seinen Notizblock.

»Ich zitiere an dieser Stelle die Aussage der Zeugin: »Wissen Sie, in dieser Gegend herrschen eigene Gesetzmäßigkeiten. Sicher, das ganze Vermögen hat ihr gehört. Aber trotzdem sind Sie in diesen Kreisen als geschiedene Person nur noch ein halber Mensch. Ganz besonders dann, wenn Sie dem weiblichen Geschlecht angehören. Sie werden gemieden, nicht mehr zu Gartenpartys oder Dinner Soirees eingeladen. Jeder tuschelt und lästert hinter Ihrem Rücken. Da heißt es dann, was Sie denn wohl im Leben falsch gemacht haben, dass Sie so eine Lappalie, wie eine private Beziehung nicht aufrecht erhalten konnten. Eine Million an der Börse verspielen ist kein Problem. Kleine Affären gehören zum guten Ton. Aber geschieden sein ist, als hätten Sie eine ansteckende Krankheit.«

Erwin Schober schüttelte verständnislos den Kopf.

»Das hört sich ja an wie im Mittelalter.«

Sissy nickte kurz zustimmend in seine Richtung und übernahm wieder die Berichterstattung.

»Ich werde jetzt zusammenfassen, warum all diese privaten, teils sehr intimen Informationen über die Meys, in unseren Augen so wichtig sind.«

Sie erntete einen dankbaren Blick aus der Richtung ihres Vorgesetzten.

»Frau von der Heide hat uns noch einiges mehr erzählt und für uns ergibt sich daraus folgendes Bild: Johanna Mey wusste, dass sie nicht mehr lange zu Leben hat. Für eine Scheidung war es, wegen des gesetzlich vorgeschriebenen Trennungsjahres, zu spät. Einen Ehevertrag gab es nicht, dass heißt, ihr Mann hätte alles geerbt. Sie aber wollte, dass ihr Vermögen an ihre Schwester Julia und damit auch an deren Familie geht. Sie hat, laut Aussage von Frau von der Heide, ihre Nichte geliebt, als wäre sie ihre eigene Tochter. Und jetzt komme ich zum wichtigsten Punkt. Johanna Mey wusste, dass Sarah Urban schwanger war. Woher sie diese Kenntnis hatte, konnte uns die Zeugin leider nicht sagen, aber Eric und ich sind uns einig darüber, dass das ein sehr starkes Mordmotiv ist. Und ihr Alibi ist einigermaßen wertlos, da sie eine Zwillingsschwester hat, die ihr nicht nur eng verbunden ist und bis aufs Haar gleicht, sondern darüber hinaus auch noch im Begriff war, ein Vermögen zu erben.«

Nun ergriff zum ersten Mal Sabrina Schönleber das Wort. »Ja klar! Das muss die blanke Horrorvorstellung gewesen sein für die Frau. Erstens weiß sie, dass sie bald stirbt und dann sieht sie vor ihrem geistigen Auge, was sich nach ihrem Tod, auf dem Grundstück, das seit Generationen ihrer Familie gehört, abspielen wird. Sie sieht ihren untreuen, ungeliebten Ehemann, mit einer jungen, attraktiven Frau, den Traum von einer heilen Welt leben: Papa, Mama, Kind. Genau das, was ihr selbst nie vergönnt war. Wie ätzend!«

Es herrschte kurz eine nachdenkliche, betroffene Stille im Raum.

»Aber das Kind war doch gar nicht von Giesbert Mey. Und außerdem hat er ja in seiner Befragung ziemlich deutlich zu verstehen gegeben, dass die Geschichte mit Sarah Urban nichts Ernstes für ihn war.«

»Ja, Edeltraut«, erwiderte Eric, »es stimmt, was du sagst. Aber ...«

»Von all dem hatte Johanna Mey keine Ahnung.«

Sabrina Schönleber war blass geworden und hatte das Gesagte geflüstert. Aber trotzdem hatten es alle im Raum gehört. Sissy nickte erneut.

»Ganz genau. Sie wusste es nicht. Wenn es stimmt, dass eine der beiden Schwestern Sarah Urban getötet hat, dann bekommt die Sinnlosigkeit dieser Tat noch einmal eine vollkommen neue Dimension.«

Jetzt hatte die Betroffenheit über die neuesten Erkenntnisse auch den letzten Winkel des Chatrooms erreicht.

Zeitgleich wurde der sowieso schon wolkenverhangene, tristgraue Novemberhimmel, der über die morgendliche Sonne gesiegt hatte, schlagartig so finster, dass plötzlich eine gespenstische Dunkelheit den Raum beherrschte.

Dicke Regentropfen trommelten von einer Sekunde auf die andere gegen die Fenster. Kai Diesner stand auf, und betätigte den Lichtschalter.

Die grellen Leuchtstoffröhren waren ein Schock für alle im Zimmer befindlichen Netzhäute, verscheuchten jedoch gleichzeitig auch die bleierne Ruhe, die sich für einige Momente ausgebreitet hatte.

Erwin Schober, der bis jetzt geschwiegen hatte, ergriff nun das Wort.

»Soweit kann ich euch folgen. Aber das Problem mit dem Erbe, vorausgesetzt natürlich, dass sie wirklich die Täterin ist, hätte sie mit dem einen Mord nicht gelöst. Sie hätte ihren Mann ebenfalls umbringen müssen.«

Sissy beugte ihren Oberkörper nach vorn, legte die Unterarme auf den Tisch und wendete sich ihm zu.

»Ja, Erwin. Eric und ich haben auf der Rückfahrt zum Präsidium genau darüber gesprochen. An dieser Stelle können wir endgültig nur noch frei spekulieren. Entweder, sie hatte vor, ihn auch noch aus dem Weg zu räumen, oder sie hatte gehofft, dass er verdächtigt wird und bestenfalls zumindest in U-Haft kommt.

Dann hätte sie sich nämlich auf der Stelle scheiden lassen können, da in solchen Härtefällen auf das Trennungsjahr verzichtet werden kann. Aber wie gesagt, das sind alles nur Vermutungen. Das Üble ist, wir haben keinerlei Beweise.«

Sie machte eine kurze Pause.

»Das heißt, wir brauchen ein Geständnis.«

Ein allgemeines Gemurmel erfüllte die Luft.

Dr. Staudt klatschte kurz und trocken seine langgliedrigen, gepflegten Hände zusammen.

»Gut, Herrschaften. Dann möchte ich die beiden Damen hier umgehend zum Verhör sehen. Herr Jahn, Sie veranlassen das?!«

Sissy sah vor ihrem inneren Auge, wie Eric aufsprang, die Hacken zusammenschlug, dass seine Absätze staubten, salutierte und ein lautes »Jawohl, Chef! Sofort, Chef! Wird erledigt Chef!«, brüllte.

Aber das passierte natürlich nicht.

Eric Jahn nickte nur, da hatte Dr. Staudt sich auch schon

erhoben und war halb aus dem Raum. An der Tür blieb er allerdings stehen und drehte sich noch einmal um.

»Informieren Sie mich bitte, wenn Sie soweit sind, mit der Befragung zu beginnen.«

Ohne eine Antwort abzuwarten, verließ er den Chatroom.

»Meine Güte, der hat's ja mal wieder ultra-eilig«, stöhnte Sissy und warf theatralisch den Kopf in den Nacken. Sie legte die rechte Hand mit der Rückseite an ihre Stirn, verdrehte die Augen und piepste dann mit verstellter, hoher Stimme und französischem Akzent in Erics Richtung: »Cheri, bittö, bring misch einö Glass Wasseer, mier ist sooo schwindliesch, mon dieu!«

Alle lachten.

Eric nahm grinsend ihre linke Hand und tätschelte sie.

»Das wird schon wieder, Schbätzele.«

Die Kollegen standen auf, um in ihre Büros zurückzukehren.

Sissy und Eric verließen als Letzte den Chatroom.

»Dem Chef sitzt die Presse im Nacken. Und zwar ganz gewaltig. Die Elli hat gehört, wie er heute morgen telefoniert hat. Es muss ziemlich laut zugegangen sein, bei dem Gespräch. Sie hat gesagt, sie hat ihn selten so brüllen hören.«

Er hielt Sissy die Tür auf, während er weitersprach.

»Es muss so ein Fuzzi von der schreibenden Zunft dran gewesen sein, der ihn ziemlich dumm von der Seite angemacht hat. Und du hast ja die Schlagzeilen selber gesehen ...«

»Ich weiß. Trotzdem ist er mir manchmal einfach zu hektisch. In seiner Gegenwart fühle ich mich ab und zu wie beim wilde Maus fahren.«

Sie gingen nebeneinander den Flur entlang, Richtung Büro.

Eric schaute sie amüsiert von der Seite an.

»Wilde Maus? Was ist das denn?«

»Kennst du das nicht? Du warst doch bestimmt schon einmal auf dem Cannstatter Wasen, oder?«

Eric schüttelte den Kopf.

»Zu laut, zu voll, zu viele Betrunkene. Das ist nicht mein Ding.«

Wie ich, dachte Sissy. Ich könnte da, von meiner Wohnung aus zu Fuß hingehen, bin aber seit zwanzig Jahren nicht mehr dort gewesen.

Cannstatter Wasen war eigentlich nur der Name des Festgeländes, auf dem das ganze Jahr hindurch verschiedene Veranstaltungen sowie Konzerte stattfanden. Zwei dieser Veranstaltungen waren jeweils das Stuttgarter Frühlingsfest, immerhin das größte Europas und das, flächenmäßig etwas kleinere, Cannstatter Volksfest im Herbst.

Aber umgangssprachlich wurden beide Feste einfach nur als »der Wasen« bezeichnet.

Menschen außerhalb Baden-Württembergs, die vermutlich das Münchner Oktoberfest im Sinn hatten, neigten oft dazu, fälschlicherweise die Artikel zu verwechseln und sprachen von »die Wasen«, was regelmäßig zu scharfen Korrekturen der Einheimischen führte: »Des hoißt *der*

Wase, du Bachel. Merk der des jetzt endlich amol.«

Das was Sissy mittlerweile, seit sie in Bad Cannstatt wohnte, mit den größten Stuttgarter Volksfesten verband, waren Ärger, Lärm und Verkehrschaos. Immer wenn im Frühjahr oder Herbst mal wieder, durch große, über den Straßen aufgehängte Sprachbanner, angekündigt wurde, dass bald wieder Wasen wäre, rollte sie mit den Augen und schrieb sich auf ihren inneren Merkzettel: Ohrstöpsel in die Nachttischschublade legen, Telefonnummer vom Abschleppdienst heraus suchen. Denn zu Wasenzeiten parkten regelmäßig, trotz eines großen Hinweisschildes, irgendwelche Besucher des Volksfestes, auf ihrem privaten Stellplatz vor dem Haus.

»Das ist ein Fahrgeschäft«, erklärte sie Eric nun. »Du sitzt zu zweit in einem kleinen Wagen, und der rast irrsinnig schnell, auf Schienen, über einen riesigen Metallaufbau. Da die Geschwindigkeit sich auch in den Kurven nicht verringert, hast du jedes mal das Gefühl, der Wagen springt gleich aus dem Gleis.«

»Hört sich ja toll an«, sagte Eric mit vor Ironie triefender Stimme. »Was die Menschen sich alles antun für ein bisschen Nervenkitzel ...«

»Tja, mein Hase. Das Problem haben wir nicht. Ich sag nur: Augen auf bei der Berufswahl.«

Sie hatten ihr gemeinsames Büro erreicht und Eric hielt ihr erneut die Tür auf.

Intelligent, witzig, charmant, gutaussehend, ging es Sissy durch den Kopf. Und gut-riechend, addierte sie zu ihrer

Liste dazu, als sie sich, dezent schnuppernd, an ihm vorbei schlängelte.

Sie setzten sich an ihre Schreibtische und sahen sich an.

»Du Julia, ich Johanna?«

»Okay«, antwortete Sissy und sie griffen gleichzeitig zum Telefon.

ZUVIEL DES GUTEN

Dr. Staudt stand gemeinsam mit Kai Diesner vor der verspiegelten Glasscheibe.

In dem spärlich möblierten Raum auf der anderen Seite saßen sich Eric Jahn und Johanna Mey gegenüber. Neben der Tür stand eine uniformierte Beamtin der Schutzpolizei.

Das Mikrofon in Verhörraum eins war bereits eingeschaltet, sodass die beiden Beobachter nicht nur visuell das Gespräch verfolgen konnten.

Auf einem Tisch, direkt vor der »Spannerscheibe«, wie Wolfgang Faul diese Vorrichtung einmal genannt hatte, befand sich eine Arbeitsplatte, auf der drei Monitore standen. Nur einer war eingeschaltet. Auf ihm konnte man das Innere des Befragungsraums Nummer zwei sehen, wo just in diesem Moment Sissy offensichtlich Julia Burkhard bat, Platz zu nehmen.

Kai Diesner fummelte an dem Gerät herum, um die Lautstärke einzustellen.

»Herr Diesner, beeilen Sie sich doch bitte. Ich bin nicht besonders bewandert in Sachen Pantomime.«

Ein viel zu lautes: »Es sind anwesend ...« kreischte als Antwort aus dem Lautsprecher.

»Tschuldigung, Herr Dr. Staudt. Ich hab's gleich.«

Hektische, rote Flecken waren dabei, sich auf dem Gesicht des jungen Polizisten auszubreiten.

»... und Frau Julia Burkhard, geboren am ...«

Nun war die Lautstärke angemessen und sofort herrschte eine konzentrierte Ruhe im Beobachtungszimmer.

Die Arbeitsteilung war klar. Kai Diesner verfolgte primär, was sich in Raum zwei tat, der Polizeipräsident war auf das Verhör von Eric Jahn fokussiert. Trotzdem hatten sie beide die Möglichkeit, immer wieder auch einen kurzen Blick auf die jeweils andere Szenerie zu werfen.

Nachdem sowohl Sissy, als auch Eric mit den Formalitäten, wie Feststellung der Personalien und Betreff der Befragung fertig waren, herrschte für einen kurzen Moment vollkommene Stille.

Dr. Staudt, der offenbar befürchtete, die Audio-Technik wäre ausgefallen, holte gerade Luft und blickte mit großen Augen zu Kai Diesner, als Eric Jahns Stimme aus dem Deckenlautsprecher ertönte.

»Frau Mey, können Sie sich vorstellen, warum wir Sie noch einmal ins Präsidium bestellt haben?«

Johanna Meys Körpersprache war nicht schwer zu deuten. Sie saß kerzengerade, und mit vor der Brust verschränkten Armen, auf ihrem Stuhl. Den Kopf hielt sie leicht in die Höhe gestreckt und in ihren Augen lag ein missbilligender Ausdruck.

»Nein, das kann ich nicht. Und ich habe Ihnen bereits am Telefon gesagt, dass ich für Ihr Verhalten langsam keinerlei Verständnis mehr habe. Ich bin ein nützliches Mitglied der Gesellschaft, eine hart arbeitende Geschäftsfrau, und darüber hinaus eine Person, die Unsummen an Steuergeldern zahlt, die Sie hier gerade, vor meinen Augen, sinnlos aus dem Fenster werfen.«

»Es tut mir aufrichtig leid, dass Sie das so empfinden, Frau Mey. Und ich bin mir sicher, dass Sie sehr viel leisten.«

Eric Jahns Stimme klang so sanft, als hätte er kürzlich ein halbes Kilo Kreide verschluckt.

»Ganz besonders bewundernswert finde ich jedoch, wie Sie Ihren Alltag, Berufliches sowie Ihre gesellschaftlichen Pflichten bewältigen, wenn man dabei Ihre Situation bedenkt.«

Johanna Meys Kopf senkte sich fast unmerklich um eine Nuance und ihre anfänglich fast verkrampft wirkende Armhaltung schien sich ein klein wenig zu lockern. Ihre Stimme brachte nicht einmal mehr halb soviel Angriffslust zum Ausdruck, wie zu Beginn des Verhörs, als sie zu sprechen begann.

»Was meinen Sie damit ... wenn man meine Situation bedenkt?«

Erics Gesicht hatte einen engelsgleichen Ausdruck, als er so sanft wie zuvor antwortete.

»Ich meine damit die Tatsache, dass Sie sterben werden ...« Er machte eine ganz kurze Pause und fügte dann hinzu: » ... und zwar bald.«

Jetzt war im Beobachtungsraum nur noch, relativ leise, das Scharmützel zu hören, das sich Sissy mit Julia Burkhard lieferte. Es ging darum, dass es zur Allgemeinbildung gehören würde, zu wissen, dass sich Zwillingspaare nahestanden.

Deshalb erlaubte sich Kai Diesner einen Moment lang seine Augen auf das Szenario zu richten, das sich direkt vor ihm hinter der Scheibe befand und seinen Vorgesetzten völlig in den Bann gezogen zu haben schien.

Er wurde augenblicklich Zeuge einer sehr raschen, bedrückenden Verwandlung.

Johanna Mey blinzelte mehrmals stark und hektisch, als hätte man ihr ins Gesicht geschlagen. Dann weiteten sich die tiefschwarz getuschten Augen. Trotz ihres starken Makeups konnte man deutlich erkennen, wie sich ihr Teint gräulich verfärbte. Dann sackte plötzlich ihr Oberkörper soweit nach vorn, dass sie um ein Haar mit dem Kopf auf die Tischplatte geknallt wäre.

So sieht das also aus, wenn die Kollegen davon sprechen, jemand wäre im Verhör »eingeknickt«, dachte Kai Diesner, bevor er sich erneut, wenn auch nur widerwillig, dem Monitor zuwandte, für den er zuständig war.

Zu seiner Überraschung bot sich ihm auf diesem nun ein fast identischer Anblick. Julia Burkhard saß ebenfalls zusammengekrümmt vor Sissy.

Er war so verblüfft, dass er nochmals den Kopf hob und durch die Spannerscheibe schaute.

Sein Blick ging für ein paar Sekunden hin und her.

Dann hörte er, wie Julia Burkhard leise, und schwer atmend, Sissys Frage beantwortete, die er verpasst hatte.

»Ja, es stimmt. Meine Johanna wird sterben. Und diese kleine Hure hat es nicht anders verdient. Man macht sich nicht an einen verheirateten Mann heran und lässt sich dann auch noch von ihm schwängern.«

Plötzlich und ruckartig schnellte ihr Kopf nach oben. Speicheltropfen flogen aus ihrem Mund und Tränen liefen aus ihren hasserfüllten Augen, als sie anfing zu schreien, dass Dr. Staudt zusammenzuckte und irritiert Richtung Monitor schaute.

»Dieses dreckige Flittchen! Ich hasse sie immer noch! Wenn ich könnte, ich würde ihr nochmal den Schädel ...«

Gleichzeitig rollten hinter der Scheibe Tränen über das Gesicht von Johanna Mey.

Allerdings schrie sie nicht, sondern sprach sehr leise.

»Ja, es stimmt. Ich habe Krebs. Und ich habe Sarah Urban getötet. Ich hätte es nicht ertragen, wenn sie und Giesbert ...«

Der Satz blieb in der Luft hängen.

Dr. Staudt und Kai Diesner warfen sich einen erstaunten Blick zu.

Der Polizeipräsident reagierte als Erster.

»Gehen Sie in die Zwei und holen sie die Frau Ulmer da raus. Sofort!«

Er hatte schon die Klinke in der Hand, und eine Minute später waren beide Befragungen unterbrochen worden.

»Das kann ja wohl nicht wahr sein! Wir wollten ein Geständnis und jetzt haben wir zwei«, fasste Eric kurz und bündig die prekäre Lage zusammen.

Sie waren jetzt zu viert in dem abgedunkelten Beobachterraum und die Ratlosigkeit stand allen ins Gesicht geschrieben.

Urplötzlich wurde die Tür aufgerissen und Edeltraut Schwämmle stand, schwer atmend, auf der Schwelle.

»Wir haben ein Geständnis!«, keuchte sie.

Acht große, überraschte Augen waren sofort auf sie gerichtet.

»Der alte Weiler ...! Er ist vorhin unten am Empfang aufgetaucht und weil ihr alle hier beschäftigt wart, hat man ihn zu uns gebracht. Er hat gestanden, Sarah Urban umgebracht zu haben.«

Während nun im Raum ein stimmliches Durcheinander seinen Lauf nahm, drifteten Sissys Gedanken erneut zu Charlotte Weilers Testament.

Wie recht die alte Dame hatte. Manchmal sind aller guten Dinge nicht drei.

Obwohl eine vierte Person, die behauptete, sie hätte den Mord begangen, unsere Situation auch nicht verbessern würde. Aber im Moment sind drei definitiv schon zu viel »des Guten«.

Dr. Staudt unterbrach sowohl die aufgeregte Diskussion im Raum, als auch Sissys inneren Monolog.

»Herrschaften! Ich bitte um Ruhe! So hat das keinen Sinn. Darüber hinaus ist es hier sowieso viel zu eng für uns alle. Herr Diesner, informieren sie bitte den Rest der Truppe. Wir treffen uns saspo im Besprechungszimmer.«

Fünf Minuten später waren alle im Chatroom versammelt. Sissy dachte gerade: Don't wish too hard ... wir wollten unbedingt ein Geständnis und jetzt haben wir drei ..., als Dr. Staudt unvermittelt ihre Gedanken laut aussprach.

»... was wiederum bedeutet, dass zwei der drei falsch sein müssen. Ergo gilt es herauszufinden, wer die beiden Lügner sind. Denn das zumindest einer der drei Herrschaften wirklich der Täter ist, davon können wir, denke ich, relativ sicher ausgehen.«

Erwin Schober blickte in die Runde und sagte: »Also ich trau dem alten Tattergreis nicht zu, dass er junge Frauen erschlägt. Der ist doch schon rein körperlich überhaupt nicht mehr in der Lage, so eine Tat zu begehen. Oder wie seht ihr das?«

»Völlig anders«, platzte Sissy heraus. »Der alte Tattergreis, wie du ihn nennst, hat uns immerhin fast über den Haufen geschossen. Schon vergessen?«

Erwin Schober wirkte etwas betreten, als er antwortete.

»Ja schon ... aber ...«

Eric Jahn unterbrach ihn plötzlich.

»Ich glaube, so bringt das nichts. Ich finde, wir sollten es anders anpacken. Die Frage, die ich an dieser Stelle wirklich interessant finde ist, warum hier jemand lügt. An diesem Punkt müssen wir ansetzen. Das machen wir ja sonst auch so. Wir suchen nach dem Motiv, und das führt uns in der Regel zum Täter.«

Zustimmendes Gemurmel und Nicken am Tisch.

»Tja, anders werden wir kaum weiterkommen. Zu dumm, dass wir die Tatwaffe bis jetzt nicht finden konnten.«

Sabrina Schönlebers verspätete Rache an ihrem ungeliebten Abteilungsleiter zeigte sofort die gewünschte Wirkung. Wolfgang Faul sah aus, als wollte er einen Tomaten-Ähnlichkeits-Kontest gewinnen und fing umgehend an, sich zu rechtfertigen.

»Ja ha, i kann se au ned doher zaubern. Weg isch halt weg ...«

Das hat gesessen, Brini, dachte Sissy und schaute zu ihrer unschuldig dreinblickenden Kollegin, die einen Kampf gegen ihre zuckenden Mundwinkel führte.

Kai Diesner entschärfte die Situation.

»Das stimmt natürlich, Sabrina, aber vielleicht können wir uns diese Tatsache ja auch zu nutze machen.«

»Ach ja? Und wie?«, fragte Edeltraut Schwämmle, was auch alle anderen am Tisch interessierte.

»Wir könnten gegenüber dem jeweils Geständigen behaupten, wir hätten sie gefunden und dann sehen wir ja die Reaktionen ...«

Für einen Moment war es still im Zimmer. Alle schienen über diese Möglichkeit nachzudenken. Dann ergriff der Polizeipräsident wieder das Wort.

»Soweit so gut. Aber ich würde sagen, eins nach dem anderen. Beginnen wir also zunächst mit der Suche nach dem Motiv für die Lüge. Herr Jahn, wenn sie so freundlich wären, den Anfang zu machen ...«

Zwanzig Minuten später waren sie sich alle darüber einig, dass der Grund für die falschen Geständnisse die Absicht sein musste, eine andere Person schützen zu wollen. Dr. Staudt resümierte: »Bei den Schwestern ist das einleuchtend. Da stellt sich die eine vor die andere. Johanna Mey behauptet, ihre Schwester hätte ihre Rolle in

München übernommen, während sie in Stuttgart war, um die Tat zu begehen. Und Julia Burkhard sagt, sie hätte Sarah Urban umgebracht. Da ihr Mann auf Geschäftsreise war und ihre Tochter tief und fest geschlafen hat, können wir ihr auch nicht das Gegenteil beweisen. Aber wen glaubt Hans Weiler schützen zu müssen?«

»Höchstwahrscheinlich ebenfalls ein Familienmitglied«, sagte Sissy. »Leider haben wir da gleich drei zur Auswahl ...«

Eric Jahn meldete sich zu Wort.

»Mein Vorschlag wäre, dass wir die Schwestern mit dem Geständnis der jeweils anderen konfrontieren und schauen, was dann passiert. Wenn uns das nicht weiterbringt, probieren wir Kais Idee aus.«

»Und was machen wir mit Hans Weiler?«, fragte Edeltraut Schwämmle.

»Im Prinzip das Gleiche«, antwortete Eric. »Allerdings würde ich ihm sagen, dass es sich bei der geständigen Person nicht um jemanden aus seinem Umfeld handelt. Bei ihm bin ich mir nämlich tatsächlich relativ sicher, dass er unschuldig ist. Auch wenn er auf uns geschossen hat ...«

Dr. Staudt hatte sich bereits erhoben.

»Gut, Herrschaften. So wird es gemacht. Alle zurück auf die Plätze. Ich möchte diesen Fall heute noch abgeschlossen sehen.«

Als Sissy ebenfalls aufstand, sah sie sich selbst in einem hautengen Leichtathletik-Dress die Ziellinie überqueren und jubelnd die Arme in die Luft reißen.

TÖDLICHE FRACHT

Als Edeltraut Schwämmle und Erwin Schober erneut ihr Büro betraten, saß Hans Weiler immer noch kerzengerade auf dem Besucherstuhl.

Obwohl über eine halbe Stunde vergangen war, schien er seine Position nicht um einen Millimeter verändert zu haben.

Sie bedankten sich beim uniformierten Kollegen, und entließen ihn aus dem Raum.

»Herr Weiler ...«, sagte Edeltraut Schwämmle, während ihr Partner bereits an seinem Schreibtisch Platz genommen hatte. »Entschuldigen Sie bitte, dass Sie solange warten mussten. Möchten Sie eine Tasse Kaffee?«

»Nein, vielen Dank«, war die knappe Antwort.

Edeltraut Schwämmle setzte sich nun ihrerseits an ihren Arbeitsplatz, neben dem auch der alte Herr saß.

Sie betrachtete ihn von der Seite und schwieg.

Hans Weiler blickte stur geradeaus und zeigte nicht die geringste Regung.

Für einige Augenblicke war es totenstill. Nur das leise, unaufhörliche Ticken der silbergrauen Wanduhr war zu hören.

Dann ertönte plötzlich die ruhige und dennoch kraftvolle Stimme von Erwin Schober.

»Herr Weiler ... wir haben den Täter. Und das sind nicht Sie!«

Der Verleger zuckte zusammen und sein Gesicht nahm einen verzweifelten Ausdruck an. Dann begann er zu stammeln: »Aber er war es nicht ..., so glauben Sie mir doch! Ich ..., ich habe sie ...«

»Wen meinen Sie Herr Weiler? Wen versuchen Sie zu schützen?«

Edeltraut Schwämmle hatte jetzt einen deutlich schärferen Tonfall.

»Falschaussage ist eine Straftat, ich hoffe das ist Ihnen klar?!«

Hans Weiler drehte nun den Oberkörper in Edeltraut Schwämmles Richtung und sein Blick hatte etwas Flehendes, als er fast jammernd sagte: »Aber der Christoph ist so ein lieber Junge. Er hat doch nur versucht ...«

Erwin Schober, bei dem der Groschen eine Sekunde vor seiner Partnerin gefallen war, unterbrach das Wehklagen des alten Herren.

»Ihr Enkel ist es nicht gewesen. Der Täter entstammt überhaupt nicht Ihrer Familie.«

Hans Weilers darauffolgende Verwandlung erinnerte Edeltraut Schwämmle an einen Ballon aus dem schlagartig die Luft entwich.

So sieht echte Erleichterung aus, dachte sie.

In den Verleger kam plötzlich wieder Leben. Er erhob sich für sein Alter erstaunlich schnell von seinem Stuhl. Mit einem verlegenen Lächeln auf den Lippen begann er zu sprechen: »Entschuldigen Sie bitte die Unannehmlichkeiten ... ich darf mich dann verabschieden?!«

Die beiden Kommissare tauschten einen Blick.

»Sie dürfen, Herr Weiler. Aber Sie werden eventuell noch einmal von uns hören. Wegen des falschen Geständnisses ...«

Erwin Schobers Ton verriet deutlich seine Missbilligung. Der alte Herr hatte die Tür schon erreicht, drehte sich aber noch einmal um.

»Ich bin natürlich bereit, die Konsequenzen für mein Handeln in vollem Umfang zu tragen. Ich wünsche einen angenehmen Tag. Adieu.«

Der Blick der beiden im Zimmer verbliebenen haftete noch einen Moment auf der mittlerweile geschlossenen Tür. Dann schauten sie sich an.

Erwin Schober schüttelte den Kopf. Dann fing er an, auf die vor ihm liegende Tastatur einzuhämmern. Während-dessen brummte er: »Ohne Worte, der Alte, ... ich schick Eric gleich mal die latest news auf sein Smartphone. Gibst du Sissy Bescheid?«

»Jawohl, Chef«, kam es von der anderen Seite als Ant-wort. Als er daraufhin den Kopf hob, flogen ihm ein Au-genzwinkern und ein Luftkuss entgegen.

In den Verhörräumen eins und zwei signalisierten kurz darauf und fast zeitgleich, die dementsprechend einge-stellten Mobiltelefone, durch ein leises Brummen, den Eingang einer Nachricht.

Bis zu diesem Moment hatten beide Schwestern jeweils vehement darauf beharrt, Sarah Urban getötet zu haben.

Sowohl Sissy als auch Eric Jahn unterbrachen ein weiteres Mal die Befragungen und betraten gemeinsam den Beobachter-Raum.

»Hans Weiler ist es nicht gewesen. Er hat versucht seinen Enkel zu schützen. Er muss wohl angenommen haben, dass Christoph Benz die Tat begangen hat, um das Erbe, den Verlag und damit die Existenzgrundlage der gesamten Familie zu retten«, brachte Eric sowohl Dr. Staudt als auch Kai Diesner auf den neuesten Stand.

Sissy nickte.

»Und ich bin mir mittlerweile ganz sicher, dass es eine der beiden Schwestern war, die Sarah Urban getötet hat.«

»Ja, verflixt und zugenäht ... aber welche?«

Drei erstaunte Augenpaare richteten sich auf den Polizeipräsidenten, dem dieser emotionale, und deshalb für alle anderen Anwesenden herzlich ungewohnte, Kommentar entschlüpft war.

Er bemerkte es und fuhr etwas verlegen fort: »Ich meine, es kann doch wohl nicht wahr sein, wie stur diese Frauen sind...« Er machte eine kurze Pause, dann wendete er sich direkt an Sissy und Eric: »Frau Ulmer, Herr Jahn. Bitte gehen Sie, und bringen Sie das hier um Himmels Willen zu Ende.«

Einige Minuten später ging Kai Diesners Kopf erneut zwischen Monitor und Scheibe hin und her. Denn genau wie schon eine Stunde zuvor, bot sich ihm jeweils ein fast identisches Bild.

Sowohl Julia Burkhard, als auch Johanna Mey saßen

aufrecht auf ihren Stühlen. Die Erschöpfung durch die Befragung und die fast vierzig Minütige Unterbrechung, war beiden deutlich anzusehen. Aber genauso eindeutig erkennbar war die Entschiedenheit, mit der beide bei ihrer Aussage blieben.

Der Chef hat recht, dachte er. Soviel Sturheit hab ich selten erlebt.

»Frau Mey, so kommen wir hier nicht weiter. Dann muss ich ihnen jetzt leider etwas mitteilen.«

Aha, jetzt kommt mein Vorschlag ins Spiel, dachte Kai Diesner, als er Erics Worte aus dem Lautsprecher tropfen hörte.

»Ich hatte Sie für vernünftiger gehalten, und eine Falschaussage ist kein Kinderspiel.«

Johanna Mey sah ihn nur aus leeren, glasigen Augen an.

»Ich habe Ihnen alles gesagt. Verstehen Sie denn nicht ...? Julia versucht mich zu schützen. Aber sie ist es nicht gewesen ...!«

»Ja, Frau Mey. Das haben sie bereits mehrfach ausgesagt, aber eine Lüge wird nicht dadurch wahr, dass man sie immer wieder aufs Neue von sich gibt. Fakt ist, wir haben die Tatwaffe ...«

Eric Jahn machte eine kurze Pause und ließ seine Worte wirken.

Johanna Meys Blick hatte sich verändert. Die Resignation war plötzlich einem neuen Ausdruck gewichen.

Was ist das?, dachte der Polizeipräsident und trat noch ein wenig näher an die Scheibe. Interesse ...? Neugier ...? Ungläubigkeit ...?

Die Antwort kam prompt.

»Das kann gar nicht sein!«

»Doch. Es ist so. Und – die Spurensicherung hat die Fingerabdrücke ihrer Schwester darauf gefunden.«

Was nun passierte, erregte auch die Aufmerksamkeit von Kai Diesner.

Johanna Mey brach in schallendes Gelächter aus.

Er und sein Chef tauschten einen irritierten Blick und sahen dann beide, wie auf dem Monitor eine sichtlich beunruhigte Julia Burkhard auf ihrem Stuhl herumrutschte. Allerdings glichen ihre Worte fast eins zu eins denen ihrer Schwester.

»Das kann doch gar nicht sein ...«

»Doch, Frau Burkhard. Das ist Fakt. Und da sich auf diesem Gegenstand die Fingerabdrücke ihrer Schwester befinden, ist die Sache klar und weiteres Lügen zwecklos.«

Julia Burkhard sah aus wie ein Kind, dem man gerade das neue Weihnachtsgeschenk wieder weggenommen hatte.

»Aber sie hat sie doch in den Neckar ... das ist doch nicht möglich ... wie konnten sie ...«

»Ich habe die Spitzhacke in den Neckar geworfen«, sagte in diesem Moment eine mittlerweile vollkommen aufgeräumt wirkende Johanna Mey, hinter der Glasscheibe zu Eric Jahn. »Sie hätten schon genau wissen müssen, wo sie suchen sollen, um sie zu finden. Aber selbst wenn sie von der Stelle gewusst hätten ... unmöglich ...«

Nun lächelte sie sogar.

Eric Jahn runzelte die Stirn.

»Wie meinen Sie das?«

»Nun ja, das war schon kurios. In dem Moment, als ich ausgeholt habe um zu werfen, ist ein Lastkahn unter der Brücke durchgefahren. Die Hacke ist, statt im Neckar, auf dem Schiff gelandet. Zuerst hab ich natürlich einen Schreck bekommen, aber dann habe ich gesehen, was der Frachter geladen hatte.«

Johanna Mey machte eine Pause, und ihre Mundwinkel schoben sich noch ein wenig weiter nach oben.

»Es war Schrott. Altmetall. Selbst der Fluss hätte nicht annähernd solch ein perfektes Versteck abgeben können.«

KEINE FISCHE AUS DEM NECKAR

»Aaaaaah, da sind ja wieder unsere Lieblingsgäste!«
Der junge Mann umrundete elegant, und mit einem brei-
ten Grinsen auf dem Gesicht, die Empfangstheke des
Restaurants Stuttgarter Höhe.
»Guten Abend allerseits und herzlich Willkommen.«
Er gab Dr. Staudt die Hand.
»Ich begleite Sie zu ihrem Tisch.«
Und in verschwörerischem Flüsterton fügte er hinzu:
»Bitte folgen sie mir unauffällig.«
Dr. Staudt hatte eingeladen und alle aus der Abteilung
waren gekommen. Er tat dies nicht nach jedem abge-
schlossenen Fall, und es gab leider auch etliche Verbre-
chen, die überhaupt nicht aufgeklärt werden konnten.
Aber immer wenn eine besonders heikle, oder verzwickte
Mordermittlung erfolgreich beendet worden war, bat der
Chef in die Stuttgarter Höhe, immerhin eines der besten
und teuersten Restaurants Stuttgart.
Gott sei Dank geht es in dieser Stadt meistens einigermaßen friedlich zu, dachte Sissy, während sie hinter Eric in
Richtung des für die Abteilung reservierten Tisches her
ging. Sonst wären wir alle dick und fett und der Chef
pleite.
Der fröhliche junge Mann schob ihr den Stuhl zurecht,

damit sie sich setzen konnte.

»Warum sind denn ausgerechnet wir ihre Lieblings-gäste?«, wollte Sissy von ihm wissen, als sie Platz nahm. Er beugte sich zu ihr nach unten, drehte den Kopf ein-mal nach links, dann nach rechts und schlug den gleichen flüsternden Tonfall an wie zuvor.

»Weil wir uns dann alle gleich viel sicherer fühlen ...!« Dabei machte er ein Gesicht, als würden sie sich nicht in einem edlen Speiserestaurant befinden, sondern in einer Gangster-Kaschemme im New York der sechziger Jahre. Sissy musste lachen. Der junge Restaurantfachmann zwinkerte ihr zu und stimmte mit ein.

»Außerdem«, fuhr er kurz darauf fort, »sind ganz be-sonders Sie, wenn ich das sagen darf, auch immer ein optischer Gewinn für dieses Reich. Da muss sich selbst das Blumen-Arrangement unserer verehrten Frau Chefin anstrengen, um mithalten zu können. Sie sehen wieder einmal bezaubernd aus.«

Er zwinkerte Sissy erneut zu, und schwebte von dannen. Deshalb verpasste er auch die leichte Röte, die über Sis-sys Wangen wanderte. Aber wie fast alles im Leben war auch das noch steigerungsfähig.

Als sie sich nun Eric zuwendete, der rechts neben ihr saß, blickte sie in ein schmunzelndes Gesicht, aus dem sie zwei glänzende Augen fixierten.

»Wie recht er hat ...«, sprach der wohlgeformte Mund. »Ich hätte es nicht besser ausdrücken können.«

Sissys Wangenfarbe, die gerade im Begriff gewesen war, sich wieder zu normalisieren, verdreifachte sofort ihre

Intensität. Dazu kam ein beschleunigter Puls. Sabrina Schönleber, die links neben Sissy saß, rettete.

»Ich finde das Personal hier einfach spitze. Also abgesehen vom grandiosen Essen natürlich. Man merkt ihnen einfach an, wie gut es ihnen hier geht und wie viel Spaß sie an ihrer Arbeit haben.«

Sissy stimmte ihr aus vollem Herzen zu.

Sie hatte immer wieder, wenn sie Gast in der Stuttgarter Höhe war, beobachten können, das der Service lief wie am Schnürchen. Dabei wurde es niemals hektisch und die Atmosphäre war stets von einer wunderbaren Leichtigkeit geprägt. Was sie am meisten beeindruckt hatte, war die unerklärliche Menschenkenntnis, über die jeder einzelne, der für das leibliche Wohl der Gäste sorgte, zu verfügen schien. Natürlich mochten nicht alle, der zumeist gut betuchten Restaurantbesucher, die Lockerheit und den Witz, der Sissy zuvor entgegengebracht worden war.

Aber die Damen und Herren des Services wussten immer sehr genau, wem sie welche Art der Behandlung zuteil werden lassen mussten.

Völlig anders als im »Wegners Gourmet«, ging es ihr durch den Kopf.

Sie erinnerte sich nicht allzu gern an ihren ersten und letzten Besuch in dem Nobelrestaurant, das sich im »Kopf« des Stuttgarter Fernsehturmes befunden hatte. Ihr damaliger Freund hatte ihr das gemeinsame Lunch zum Geburtstag geschenkt. Sie hatte sich zunächst natürlich sehr über das besondere Geschenk gefreut, war jedoch massiv enttäuscht worden.

Die Atmosphäre im Restaurant war steif, ja wirkte sogar fast angespannt. Das Personal war arrogant und unterkühlt und das Menü nicht mehr als Mittelmaß.

Das einzig Positive an diesem Erlebnis war der Besuch der Toilette gewesen. Der Raum vor den Kabinen war mit bodentiefen Fenstern versehen, und man hatte eine gigantische Aussicht, die sich, wenn man ein wenig verweilte, minütlich änderte, da dieser Teil des Turmes sich drehte.

Kein Wunder, dass der Typ mit seinem Mufti-Arroganti-Laden baden gegangen ist. Aber für Jan hat es mir leid getan. Er wollte mir eine Freude machen, und dann das ...

Der Aperitif, der plötzlich wie von Zauberhand vor ihr stand, riss sie aus ihren Gedanken.

Dr. Staudt erhob sich von seinem Stuhl und gleichzeitig das Glas. Er schaute in die Runde, was die Gespräche der Kollegen verstummen ließ.

»Herrschaften, ich mache es kurz ...«

Wie immer halt, dachte Sissy. Aber in diesem Fall hatte sie nichts gegen das flotte Tempo ihres Vorgesetzten einzuwenden.

»... Sie haben, wieder einmal, ganz hervorragende Arbeit geleistet. Vielen Dank für ihren Einsatz. Ich wünsche guten Appetit, und uns allen einen schönen, genussvollen Abend. Auf ihr Wohl!«

Er hob das Glas noch ein wenig weiter in die Höhe.

Die Angesprochenen griffen nun ebenfalls zu ihren Gläsern und erwiderten den Toast, während sie, wenn auch nicht allzu laut, mit den Fingerknöcheln der freien Hand, auf den Tisch klopften.

Dr. Staudt nahm seinen Sitzplatz wieder ein und alle widmeten sich intensiv dem Studium der Speisekarte.

Sissy schmunzelte, als sie ihren Lieblingssatz auf der ersten Seite erblickte.

»Liebe Gäste. Bitte haben sie Verständnis dafür, dass wir, bei allem Lokal-Patriotismus, keine Fische aus dem Neckar servieren.«

Sie hatte sich schnell entschieden, was sie essen wollte. Als der übliche »Gruß aus der Küche« serviert wurde, und Sissy sich gerade die Serviette auf dem Schoß zurecht zupfte, raunte ihr Sabrina Schönleber zu: »Also, versteh mich bitte nicht falsch. Aber dass dieser Idiot, der das ganze Drama letztlich ausgelöst hat, so ungeschoren davonkommt und auch noch ein stattliches Vermögen erbt, liegt mir schon irgendwie im Magen. Und sicher – die Frau ist eine Mörderin. Aber dass sie jetzt die letzten Wochen ihres Lebens im Gefängnis verbringen muss, tut mir trotzdem irgendwie leid.«

Sissy hatte den Mund voll, und konnte deshalb nicht sofort antworten, so dass Kai Diesner, der neben Sabrina saß und ebenfalls zugehört hatte, die Gelegenheit nutzte.

»Ach, habt ihr das gar nicht mitbekommen? Giesbert Mey ist tot.«

Sissy hatte Mühe unfallfrei den letzten Bissen hinunter

zu schlucken.

Sabrina Schönleber ließ langsam ihr Besteck sinken.

Beide schauten den jungen Kollegen ungläubig an.

»Wie das denn?«, fragte nun Eric Jahn, der ebenfalls gelauscht hatte.

»Er ist bei der Bauabnahme des zusätzlichen Gästezimmer-Traktes im Belveder unglücklich aus dem Fenster gestürzt. Da es sich um das oberste Stockwerk handelt, war da nichts mehr zu machen.«

»Platsch!«, kommentierte Sabrina Schönleber trocken.

»Brini! Also ehrlich! Manchmal ...«

Sissy schüttelte den Kopf, doch ihre Kollegin hatte bereits den Mund wieder voll.

Während des köstlichen Essens wurde nicht sehr viel gesprochen. Man konzentrierte sich am ganzen Tisch hingebungsvoll auf die flüssigen und handfesten Gaumenfreuden, die nacheinander aufgetragen wurden.

Als die Etagere mit den hausgemachten Pralinen auf dem Tisch stand und sich die Espresso-Tassen leerten, beugte sich Edeltraut Schwämmle in Sissys und Erics Richtung.

»Was denkt ihr, was wird Julia Burkhard blühen, wegen der Mitwisserschaft und dem falschen Geständnis?«

»Wir haben sie ja erst mal gehen lassen. Ich glaube, ihr wird nicht sehr viel passieren. Sie war zwar in München in der Tatnacht und ist in die Rolle ihrer Schwester geschlüpft. Aber nur, weil Johanna Mey ihr gegenüber behauptet hat, sie hätte einen Geliebten, mit dem sie sich treffen will. Und, dass sie Angst hätte, Giesbert Mey könnte, wider Erwarten, doch im Hotel auftauchen.

Außerdem hat Johanna Mey glaubhaft versichert, dass sie ihrer Schwester erst auf dem Weg ins Präsidium gestanden hat, Sarah Urban erschlagen zu haben.«

Sissy schob sich noch eine Praline in den Mund.

Eric Jahn trank seinen letzten Schluck Riesling.

Er setzte das Glas ab und fügte dann hinzu: »Ich denke und hoffe, dass Julia Burkhard einen milden Richter finden wird. Dass sie versucht hat, ihrer todkranken Schwester zu ersparen, die letzten Wochen ihres Lebens hinter Gefängnismauern verbringen zu müssen, ist, wie ich finde, schließlich mehr als verständlich.«

Plötzlich ertönte hinter Kai Diesner eine tiefe, sonore Bass-Stimme, und feinstes »Honoratiorenschwäbisch« erklang.

»So, Guten Abend, die Damen und Herren von der Kripo. Ich hoffe, es war alles recht?«

Der Chef der Stuttgarter Höhe hatte sein übliches, charmant-verschmitztes Grinsen auf dem Gesicht. Seine Größe und seine kräftige Statur waren beeindruckend. Was Sissy jedoch immer wieder am meisten faszinierte an Vincent Klenk, war seine Ausstrahlung. Sie wusste, dass der Herr des Hauses und über die Küche, diese Rundgänge durch die Reihen der Gäste nicht sonderlich mochte. Er schwang deutlich lieber in seinem Reich den Kochlöffel, tüftelte und dachte sich köstlichste Gaumenfreuden aus. Dennoch hatte Sissy in seiner Gegenwart das Gefühl von Genuss und Lebensfreude. Außerdem stand für sie fest, dass dieser Mann in sich ruhte, wie nur sehr wenige

Menschen. Man konnte ihm die tiefe Befriedigung, die er in seinem Beruf, der für ihn definitiv Berufung war, tagtäglich fand, glasklar anmerken, ja fast mit Händen greifen.

Dr. Staudt war aufgestanden und trat neben den, auch durch etliche Fernsehauftritte bekannten Chef-Koch.

»Herr Klenk ...«, er blickte in die Runde am Tisch und wandte sich dann wieder an seinen Gesprächspartner.

»... ich denke, ich kann Ihnen, im Namen von uns allen, wieder einmal nur gratulieren. Was Sie und Ihr Team hier zustande bringen ... ich muss schon sagen – Chapeau!«

Zum zweiten Mal an diesem Abend war dezentes, allseitiges Fingerknöchel-Klopfen zu hören.

»Dann isch's ja recht. Schönen Abend noch«, war die von einem in Sissys Richtung gehendes Augenzwinkern begleitete, knappe und typisch bescheidene Antwort, und der König des Genusses schwebte majestätisch zum nächsten Tisch.

Sissy, die zurück gezwinkert hatte, lächelte immer noch, als ihr von rechts eine Stimme zuflüsterte: »Sag mal, gibt es eigentlich irgendjemanden in diesem Restaurant, der nicht total verknallt in dich ist?«

Als Sissys Augen der Stimme folgten, blickte sie, zu ihrer eigenen Überraschung, in ein vollkommen ernstes Gesicht.

Was daraufhin folgte war, dass nun eine gewisse Hauptkommissarin versuchte, einen Tomaten-Ähnlichkeits-Wettbewerb zu gewinnen.

Und die Chancen für sie den Sieg davon zu tragen, standen außergewöhnlich gut.

EPILOG

- 1 -

Die Frau am Eingang der Justizvollzugsanstalt Stuttgart Stammheim, die zwischen zwei uniformierten Beamten stand, wirkte seltsam ruhig.

Dafür, dass sie für den Rest ihres Lebens in den Bau muss, ist die ja ganz schön cool, ging es dem Beamten zu ihrer linken durch den Kopf.

Sie war während des gesamten Transports schon so still gewesen. Er kannte das anders. Normalerweise legten die zu überstellenden Straftäter die unterschiedlichsten Verhaltensweisen an den Tag. Das Repertoire diesbezüglich war groß und ging von permanentem, ungläubigen Kopfschütteln, über Schimpftiraden, bis hin zu durchgehenden Weinkrämpfen. Aber eine so angenehme, entspannte Fahrt wie heute, hatte er in über zehn Dienstjahren noch nicht erlebt.

Der Summer ertönte und das Trio betrat einen Vorraum der JVA, in dem die Personalien der zu Inhaftierenden festgestellt wurden.

Andererseits ..., dachte der Beamte weiter, ... sie hat es ja eh bald hinter sich und muss dann vor ein weitaus höheres Gericht treten. Wahrscheinlich ist sie deshalb so ... ja, wie denn eigentlich?

Er betrachtete sie verstohlen von der Seite, während der Beamte der JVA ihren Ausweis überprüfte.

Plötzlich fiel ihm ein, was er in ihrer Gegenwart empfand. Die Frau wirkte zutiefst friedlich, geradezu beseelt. Irgendwie seltsam, dachte er, da riss ihn eine laute Stimme aus seinen Gedanken.

»Und sie send die Polizeimeischter Eble und Koch?«

»Korrekt!«, antwortete er und zückte seinen Dienstausweis. Sein Kollege tat es ihm nach.

Ihre Hände zitterten, als sie versuchte, den Schlüssel ins Schloss zu stecken. Es verging fast eine ganze Minute, ehe es ihr gelang, die schwere Eingangstür zu öffnen.

Als sie es endlich geschafft hatte und im Flur stand, sah sie am Ende des Ganges den Mann und das Mädchen. Sie standen nebeneinander und hielten sich an den Händen. Er legte den Kopf leicht schräg und sagte dann sanft: »Willkommen Zuhause, Liebste.«

Sie ging langsam auf die beiden zu und flüsterte zaghaft: »Hallo.«

Das Mädchen war seltsam steif und hatte einen ernsten Gesichtsausdruck.

Während die Frau sich Vater und Tochter Schritt für Schritt näherte, verweilte der Blick des Kindes auf ihr. In den Augen der Zehnjährigen lag ein eigenartiger Ausdruck.

Als die Frau die beiden erreicht hatte und ihnen direkt gegenüber stand, hob das Mädchen ihren Kopf und sagte zu dem Mann: »Aber Papa, das ist doch nicht die Mama ... Das ist Tante Johanna. Siehst du das denn nicht?«

Felix Burkhard saß neben ihr auf der weichen Ledercouch

im Wohnzimmer und blickte aus dem Fenster.

Nach einigen Augenblicken drehte er sich zu ihr um. Er wirkte traurig, aber gefasst.

»Ich verstehe ... und wie habt ihr es gemacht?«

Johanna Mey nahm das Wasserglas, das vor ihr stand in die Hand und trank es in einem Zug aus, bevor sie antwortete.

»Sie haben uns für einen Moment in einem der Büros alleine gelassen, damit wir uns voneinander verabschieden können. Wir haben die Kleidung und die Handtaschen, in denen unsere Papiere waren, getauscht. Dann hat Julia mir noch ihre Haarspange gegeben. Das war's.«

Felix Burkhard nickte nur.

»Mach dir keine Sorgen, Felix. Mein Arzt hat alle meine Daten. Und ich gehe am Montag zum Notar. Dort werde ich eine schriftliche Erklärung hinterlegen. Wenn ich ...«, Johanna Mey zögerte kurz, holte tief Luft und sprach dann weiter.

»... gestorben bin, wird man Julia sofort aus der Haft entlassen.«

Er ergriff ihre Hand.

Für einige Zeit saßen sie schweigend nebeneinander.

Vor dem Fenster trieb ein rauer Novemberwind das Herbstlaub durch den Garten.

»Was sagt er denn? Ich meine ... wie lange hast du noch ...?«

»Vier ..., sechs..., allerhöchstens acht Wochen ...«

Erneutes Schweigen.

Plötzlich sprang Felix Burkhard auf und rief laut: »Philippaaa, Phliiiihiiiip, komm runter! Und bring die räudige Bestie mit.«

Er zog Johanna Mey von der Couch in die Höhe.

In ihren Augen lag ein verräterischer Glanz.

»Was hast du vor, Felix?«

Sie war den Tränen nahe und auch ihr Schwager kämpfte mit sich.

Er nahm ihre beiden Hände und schüttelte sie hin und her, als wollte er mit ihr eine flotte Sohle aufs Parkett legen.

Dann holte er tief Luft und sagte mit fester, lauter Stimme: »Heute beginnt der Rest deines Lebens. Und den machen dir ab jetzt alle hier im Haus befindlichen Zwei- und Vierbeiner so angenehm, wie möglich. Wir gehen jetzt raus, tanzen mit dem Laub, kämpfen mit dem Sturm und danach gehen wir lecker essen. Einmal die komplette Speisekarte rauf und runter. Und heute Abend feiern wir eine große, laute Party, mit ganz viel Krach, Musik und Alkohol. Wie hört sich das an?«

»Großartig.«

Die Antwort war geflüstert und kaum hörbar.

Dann nahmen sie sich in den Arm.

Philippa Burkhard stand plötzlich in der Tür. Neben ihr saß ein riesiger schwarzer Hund, der die Szene, die sich im Wohnzimmer abspielte, aufmerksam beobachtete.

»He, was macht ihr da? Ich will mitschmusen!«

»Ja klar, komm her!«

Beide Erwachsene breiteten die Arme aus und lachten, obwohl ihnen die Tränen über die Gesichter liefen.

»Und was ist mit Othello? Darf der auch ...?«

»Ja klar, Maus. Der räudige Köter darf auch.«

190

DIE AUTORIN

Sibylle Gugel erblickte 1972 in Stuttgart das Licht der Welt, wuchs jedoch in Schwäbisch Hall auf.
Nach einem kleinen Umweg über Paris, kam sie 1992 zurück in ihre Geburtsstadt.

Heute lebt und arbeitet sie in Stuttgart Bad Cannstatt, »auf Augenhöhe« mit den mittlerweile sehr bekannten Gelbkopfamazonen.
»Sie sind schlau, lustig und wunderschön anzusehen. Und sie inspirieren mich mindestens genau so sehr, wie das ein oder andere menschliche Wesen in meiner Umgebung.«

TOTES GERICHT

Alissa Ulmer ermittelt

SIBYLLE GUGEL

Ein Stuttgart Krimi

Der zweite Fall um Kriminalhauptkommissarin Alissa Ulmer mit dem Titel »Totes Gericht«, erschien 2016:

Leichenfund am Landesarbeitsgericht.

Das in eine Robe gekleidete Opfer hat keine Papiere bei sich. Ein neuer Fall für Kriminalhauptkommissarin Alissa Ulmer, genannt Sissy. Es gelingt ihr durch einen Zufall rasch, den Toten zu identifizieren. Doch offen sind die Fragen nach Täter und Motiv. Sissy leidet während den Ermittlungen zunehmend unter der brütenden Hitze im Stuttgarter Talkessel. Dann tritt auch noch der verrufene Privatdetektiv Heiko Eitler auf den Plan und ihr Kollege Eric Jahn wird schwer verletzt ...

ISBN 978-3-74310-012-1